U0007645

糖都給你吃

Author 墨西柯 Illust 華茵Cain

2

糖都給你吃

2

CONTENTS

034 005
035 012
036 019
037 027
038 035
039 042
040 049
041 056
042 063
043 070
044 077
045 085
046 092
047 099
048 107
049 116
050 123
051 130
052 137
053 144

糖都給你吃 2

CONTENTS

Chapter	Page
054	151
055	158
056	166
057	173
058	180
059	187
060	194
061	201
062	208
063	215
064	221
065	228
066	235
067	243
068	250
069	257
070	264
071	271
072	278

周末說的刷粉其實跟騙粉差不多。

就是打著互粉的旗號騙來一些粉絲，先關注著，等過陣子，再把關注刪了。其實有這種想法的人不少，所以掉粉也很快。

微博初期，這樣刷粉的人不少，互粉群也有很多，隨便弄一會，就有了兩千左右的粉絲。

有點基礎粉絲了，就要開始用其他的方式經營這個帳號。

周末用家裡的掃描器把杜敬之的畫掃描了一些準備發到了網上，他覺得，還是這樣的畫比較清晰。之後又用軟體調整了一下畫面以及色差，打上不算太明顯的浮水印。

湊齊九張後，他發佈一條微博，配上一句比較文藝的話就發佈了。然後@推廣平臺類的微博，等待他們轉發，這樣也能漲一些粉絲。

周末弄好了這些，就又開始上網搜攻略了，同時嘟囔：「我覺得這個東西，還是得推陳出新，等你有空了，就畫一個主題的畫，湊齊九張，我想一想，配個什麼文字，心靈雞湯什麼的。或者我寫東西你配畫？」

「我畫畫倒是沒問題，畫的同時也是在練習，但是你寫這些東西，會不會耽誤你功課？」杜敬之蹙著眉頭問。

他一向不太喜歡麻煩別人，不好意思借錢，也不願意欠人情，周末對他好，他也對周末好，就是這樣。

他覺得兩個人既然在一起，就是要督促對方進步，與此同時，自己也要努力，做一個配得上對方的人。

周末笑了笑，回頭看向杜敬之，指了指自己的腦袋：「真當學霸是上廁所都在努力？主要靠的是腦子。」

「嘖，坐公車都拿個單字卡背的人是誰？」

「哦，那是怕有女生跟我搭訕。」

「我操？我都沒有多少女生搭訕。」

「我們不一樣，你比較凶，我們學校有幾個女生敢招惹你。而且，女生一般不太喜歡腿比自己細，皮膚比自己白，長得還比自己好看的男生，看看就行了，交往的話。」周末聳了聳肩，一副遺憾的模樣。

杜敬之被氣著了，問：「怎麼，你還挺有心得啊，女生都喜歡你這樣的？」

「也不算吧，女生會在意男生的身高、長相、家庭背景，所以我還是挺合適的吧。不過呢，做男朋友不合適，適合做男神。」

杜敬之盯著周末看了好半天，本來還有點生氣，結果忍不住笑了起來，然後開始大笑不止，指著周末笑罵：「原來你是這麼臭不要臉的人。」

周末也不生氣，從袋子裡打開紫菜包飯吃了起來：「姥姥做的紫菜包飯真好吃。」

「不是我姥姥做的，是店裡的阿姨做的。」

「那也好吃，也是姥姥店裡的紫菜包飯，我還沒吃晚飯呢，這些正好了。」

「沒吃飯？我給你做點？」

「你會做……什麼？這種粗活還是我來幹吧。」周末在思考要不要用杜敬之，如果杜敬之做出來黑暗料理，他還要吃，不然怕杜敬之不高興。

杜敬之不高興後果會十分嚴重。

「泡麵！」杜敬之說得特別認真。

周末一臉恍然，這才同意了，起身在櫃子裡找了件外套，直接披在了杜敬之身上：「晚上冷，穿我的這件。」

「我就不喜歡穿長款的衣服。」杜敬之看了看外套，忍不住嘟囔。

「你腿也不短啊，穿著好看。」

「主要是腿細，太細了，每次看到，我就想起《銀魂》裡的伊莉莎白，身子大，腳大，然後一個筷子腿。你的衣服，還長得過分。」杜敬之穿著外套，到了周末面前，突兀地敞開衣服，「像不像那種，穿著個外套，到女學生面前突然敞開衣服的變態。」

「不像，小鏡子不是那種會到處送福利的人。」

兩個人到樓下超市買泡麵，杜敬之正在選，就看到周末居然拿起手機開始錄影了。

「我買個泡麵你拍什麼啊？」杜敬之十分不解。

「小鏡子要為我做飯，我要錄下每一個細節。」

杜敬之笑了笑，沒再拒絕，還拿起泡麵開始跟周末解說：「選泡麵呢，不僅僅是要看個人口味，也是有學問的。比如，出外或者不知道該吃什麼，買給多人的時候，就選紅燒牛肉麵，這種口味的泡麵大眾接受度高，可以跟大家一起吃。」

說著，又點了幾個口味：「這幾樣看到沒，適合一個人的時候吃，尤其是這種海鮮的，蔬菜包裡的小東西味道不錯，撈起來很費時間，有的時候要把湯全部喝完才能吃到，滿浪費時間的。如果是女生在即將交往的男生面前把一整碗麵湯都喝完了，男生恐怕會震驚。」

然後拿起了一袋黃色包裝的泡麵：「這種泡麵，主要特點就是便宜，麵比較少，麵條細，做泡麵的話是這些泡麵裡最適合的。裡面的調味料就兩個，可是真的是低調有內涵，味道一點也不差。有的時候我覺得這種泡麵捏碎了，倒點調味料，比一些乾泡麵都好吃。」

周末終於問了一句：「還有嗎？」

「沒什麼，我個人覺得這種小雞燉蘑菇的是接受度最小的，裡面的那個味道，有點獨特。還有番茄，吃菜還行，泡麵就……一言難盡。酸菜的還可以，我常吃還會另外加醋。這種酸辣的，還是不錯的，適合配合冬粉一塊吃。」

看了一會之後，扭頭看向周末問：「你要吃哪種口味的？」

「你喜歡什麼口味的？」

「我啊……都行。」

「我要海鮮的。」

「行。」杜敬之拿了兩包泡麵，然後在貨架上拿了一根香腸，想了想，又拿了一瓶可樂，這才去結帳了。

回到家，進入廚房，周末就又開始錄影了。

杜敬之看著鏡頭有點彆扭，不過還是沒表示什麼，為了配合周末錄影，還繼續解說：「我一般是分兩個鍋煮，一個鍋煮麵，這麵體是被油炸過的，煮麵的時候會煮出來一些油，煮一陣子後我會用勺子把油刮出去。另外一個鍋煮調味料，水不用太多，不然味道會不夠濃郁。」

說著，從一邊拿來了雞蛋，熟練地打散，放進了鍋裡：「然後，煮雞蛋的時候，在麵裡煮一定要小火，不然容易起泡變成雞蛋湯，還有麵還有可能跟雞蛋糾纏在一起，影響口感。湯是湯、麵是麵、蛋是蛋，這才是真正的泡麵。香腸我喜歡在調味料那鍋煮，就是切片的香腸，入了點味的香腸還滿好吃的，泡麵煮的香腸是另外一種獨特的味道。」

待麵煮得差不多了，杜敬之把麵撈了出來，用涼水過了一下，放在了大碗裡，再倒進調味料湯。

「我還以為只有炸醬麵跟冷麵要過涼水。」周末看著的時候，還覺得挺驚奇的。

「個人喜好吧，我喜歡勁道一點的感覺。小時候總看我姥姥做冷麵，就跟著試了一下，果然，味道跟咀嚼時的感覺是不一樣的，麵的口感影響著一碗麵的味道。」杜敬之做完，把麵往周末的面前一推，還有點遺憾地說，「家裡如果有點青菜就好了，還能點綴一下。」

周末用手機拍了半天，才關掉錄影，試著吃了一口。

「好吃！」周末特別滿足地說了一句，看著杜敬之的眼神都有點不一樣了，心裡想著的都是，他的小鏡子怎麼這麼厲害呢。

「切，老子十幾年專業泡麵高手。」

周末又吃了幾口，突然覺得有意思：「你這樣別人知道嗎？」

「我什麼樣？」

「就是學校裡的扛霸子，還是校草等級的，結果對吃這麼有研究。」

「這些……衝突嗎？」杜敬之還真就認真思考了一會，反問。

周末又搖了搖頭，沒再說什麼，把麵吃完，連湯都沒剩。

吃完飯站起身，揉了揉肚子，緩了會神，突然感歎：「我覺得，我前幾年的泡麵算是白吃了。」

「畢竟我是總給你帶來驚喜的小鏡子嘛！」杜敬之還自誇了起來。

吃完麵，周末通常不會立即坐下，而是會洗碗，收拾廚房。

杜敬之坐在餐桌前，喝著可樂看著周末忙碌，突然站起身，走到了周末身後，用手去量周末的身材。杜敬之用尺子量過自己手指有多長，於是在周末的肩寬，背長，腰圍上大致量了幾下，就能估量出身圍了。

「怎麼了？」周末問。

「看看我家圓規哥的身材，不行？」

「行，你想怎麼都行。」

杜敬之量完，在周末的屁股上拍了一把。

周末身體撞到了櫥櫃上，無奈地回頭看了杜敬之一眼，然後繼續收拾。

杜敬之突然覺得十分開心，從後面抱住周末，把臉埋在周末的後背裡，一個勁地蹭，就像一隻耍賴的貓。

之後還覺得不夠，把手伸進周末的衣服裡，兩隻手在周末的胸前來回摸索。

摸摸胸肌，再摸摸腹肌，以前一直垂涎的身體，終於可以肆無忌憚地摸了。

「小鏡子……」周末突然叫了一句。

「嗯？」

「你先停……一下。」

「怎麼，摸摸不行啊？」

「不是，硬了。」

「……哦。」

杜敬之並沒有停下來，而是把手伸進了周末褲子裡，順勢握住了。

周末的身體一僵，動作也停下了，卻沒有反抗，只是任由杜敬之胡鬧。

「欸，原來你不只腿長啊。」杜敬之摸索了一會，評價道。

周末遲疑了一下，還是把最後的幾樣東西收拾好了，用水沖了沖手，甩了甩手上的水珠，然後回過身，勾住杜敬之的脖子，湊過去吻了杜敬之的唇。

杜敬之親吻的時候還含著笑，小賴皮似的鬆開了那根蠢蠢欲動的東西，再次抱住了周末，主動回應這個吻。

從最開始的輕吻，到後來越來越濃烈，兩個人擁抱在一起，偶爾扭頭會跟著晃動身體。

周末一直佔據著主動的位置，迫使杜敬之下意識地後退，被周末逼迫到牆角。

周末吻著杜敬之的臉頰，又在他耳垂上咬了一下，問：「我可以像你剛才那樣碰碰你嗎？」

「這個啊……雖然我還是覺得被一個男人摸來摸去有點彆扭，但是這是你家，我又沒法把你趕出去。」杜敬之笑迷迷地回答，他碰周末可以，因為他覺得周末的身材很好，摸著手感很好。

但是，周末碰他，他就會下意識掙扎，可能骨子裡的自卑感還沒有消退，讓他對自己排骨一樣的身材很不自信，怕被周末嫌棄了。

「這樣啊……」周末的笑容更深了。

杜敬之還指了指自己的脖子：「這裡你啃的，被周蘭玥看到了，她應該發現了。」

「昨天有點高興，控制不住我自己，所以沒有什麼分寸。」周末在那個淺淡的印子上又親吻了一下，然後把手伸進杜敬之的衣服裡，扶著他的腰。

「我操！這麼涼！」杜敬之被涼得一哆嗦，周末趕緊把手抽了回來。

杜敬之從口袋裡摸索出手機來，看了一眼時間，隨後督促：「挺晚了，去複習吧你，我可不想耽誤你。」

說著，推了推周末，自己先上樓了。

周末歎了一口氣跟上，在上樓梯的時候加快了幾步，追到了杜敬之的身後，抱著杜敬之的腰一塊上樓梯。現在的時間，一分一秒，他都想跟杜敬之賴在一起，能夠觸碰杜敬之，心中會產生強烈的滿足感。

剛進房間他就從後面推著杜敬之，兩個人一塊撲倒在床上。

周末再次將手伸進杜敬之的衣服問：「還涼不涼？」

「有點。」

周末也沒再繼續，而是掀起他衣服的一角，在他後腰上親了一下。

被親這麼一下，杜敬之也跟著有了點反應，不由得貓起腰來。

周末在這個時候，輕笑出聲，用雙手撐起身子，俯下身去看杜敬之的樣子。

「你這傢伙……」杜敬之看著周末，有點氣，「一點也不吃虧。」

杜敬之調戲完周末，周末就一定要調戲杜敬之，然後看著杜敬之同樣的情況是什麼樣的反應。

「不能這麼說。」周末依舊在看著他，「我也想看看你的長度，順便跟小棕毛打個招呼。」

杜敬之抬起手，抱住了周末的脖子，讓周末不得不向下，然後小狼狗似的一個勁啃咬周末的下巴。

周末被咬得有點疼，幾乎是噙著眼淚求饒：「我錯了，我錯了，放過我吧。」

杜敬之放開周末，躺平在床上喘粗氣，周末躺在了他身邊，側身面對他，手不老實地滑進他的衣服裡。

他下意識按住了周末的手，想了想還是拒絕了：「不行不行，放學回來還沒洗呢。」

「我又不在意。」

「不行不行……」他還是拒絕，把周末的手推開了，手腳麻利地爬起來，一下子就蹦到了門邊，「我回去了！」

說完，直接走了，毫不留情。

周末躺在床上，看著杜敬之離開，忍不住長歎一口氣，然後在心裡默念：他還小呢，他還年輕呢，命還長著呢，命還長著呢……要忍耐。

然後起了身，自己去洗手間解決去了。

回來後，到了電腦前，連上傳輸線，把之前錄的影片傳到了電腦上，放大了去看裡面的杜敬之，看的時候還是忍不住微笑，怎麼看怎麼喜歡。

他在網上下載了一個影片編輯器，然後自己製作短片，轉完格式就直接發到了微博上。想了想，配上了一句話：泡麵心得，生活想要過得精緻一點，就得從吃開始。

發完之後，他就關了電腦，到了一邊書桌前，取出書來，拍了拍臉，開始不想杜敬之，認真讀書。

現在的時間太過美好，美好到想起杜敬之就會笑，要十分努力，才會不想他。

杜敬之最近上課還挺認真的，已經很少畫小漫畫了。

結果這次自習課，還真想起了周末安排的任務，就是畫一個系列圖，他絞盡腦汁，也想不到什麼心靈雞湯，主要是他不看那玩意。

然後思前想後，最後決定，畫幾張玩。

他從書包裡取出彩色鉛筆跟速寫本，畫了一個躺在地面上的小人，身邊放著可口可樂，還有一些洋芋片零食，之後配上了一句話：在哪裡跌倒，就試著在哪裡趴下，吃點零食，喝點可樂，你會發現，其實生活還是挺愜意的。

之後又畫了一張畫，用書搭建出的河，看起來更像是飛滿喜鵲的鵲橋，有人在上面划著船，撐著太陽傘，戴著墨鏡，同樣配上一句話：知識能不能改變命運我不知道，不過現在偷懶，確實是挺舒服的。

這種畫，杜敬之畫得還挺小清新的，人物沒有多仔細勾勒細節，但是個人風格明顯，色彩運用得也很鮮豔，給人看到第一眼的感覺就是：討喜。

畫完兩張，也到了下課的時間。

他伸了一個懶腰，然後就看到黃雲帆生龍活虎地起來了，從書桌下面取出足球來，跟劉天樂聊著天：「今天我不守門了啊！沒意思，都沒人射門。」

「你跑得太慢了。」

「我精準度可以。」

杜敬之看了一眼課程表，這才問了起來：「怎麼？自由活動？」

「這學期最後一次了，之後要準備期末考試了。」黃雲帆說著，撇了撇嘴。

「何止這學期，我聽說，按照三中的風格，下學期都不一定有了，自習課全是老師來上課。如果不是上面有要求不許補課，我猜我們從高一起就得要晚自習了。」劉天樂說著，還翻了一個白眼。

杜敬之直接仰天長歎：「天要亡我！」

劉天樂還說起了家裡的事：「我父母還說要跟學校提議，高二下學期就開始晚自習，希望得到其他家長的聯名信，簡直都瘋了。不過我趁機讓我媽給我報補習班了，跟柯可一塊補，現在又能在一塊了。」

「喲！晚上回去夜黑風高的……」黃雲帆笑了起來。

「沒戲，她爸天天來接她，而且，你少開我女朋友玩笑，不然抽死你。」

「錯了錯了，我道歉。」黃雲帆趕緊道歉。

三個人說著就去了操場，這一次只有他們一個班的學生自由活動，可以佔據整個足球場。杜敬之踢了能有二十分鐘的時間，就看到周末從體育館裡走了出來。

他聽周末提起過，一班班導就是因為這個練習佔用自習課的時間，才反對周末參加的。但是周末籃球打得確實好，只是跟隊友磨合不好，沒有默契，只要磨合得好了，周末就可以每天中午跟放學後和隊友練練就行了。

不過周末不想浪費跟杜敬之相處的時間，放學後從來沒留下過，寧願浪費自習課的時間。

杜敬之沒太在意，繼續在場上奔跑，跟著踢球。

不過，過了沒有五分鐘，他就有點不爽了。

因為周末出現在了學生會的辦公室裡面，而辦公室裡，還有柳夏。

會注意到學生會的辦公室是因為這大冷天的突然開了窗戶，然後他看過去的時候，正好看到周末轉過身，柳夏到了他面前，給了他什麼東西。

杜敬之心裡先是不舒服了一陣，然後覺得，不該這麼胡亂吃醋，估計只是學生會的事。

不過，他還是在意。

心不在焉地跟著踢了一會球，他裝模作樣地到了學生會辦公室窗戶外，故意跳起來，往裡面看了一下，結果正好看到這一幕：周末坐在桌子前寫著什麼，柳夏走到了周末身後看著，然後把手伸進了周末後脖頸裡暖手。

重點是：辦公室裡就他們兩個人。

杜敬之接到了劉天樂的傳球，然後一腳朝著辦公室裡踢了過去，且特別準地踢進了窗戶裡。

他踢球的水準一向不錯，而且有準頭，只是平時不怎麼練習罷了。籃球校隊杜敬之進不去，但是有足球校隊，杜敬之肯定能進去。

球剛進入，就聽到柳夏一聲尖叫，杜敬之也沒猶豫，直接幾步向前，越過小花園，雙手撐著窗臺，一用力，撐起身子，爬進了窗戶裡，直接蹦了進去。

「抱歉啊，來撿球。」杜敬之笑呵呵地說。

周末看著杜敬之，忍不住笑了，然後俯下身去撿散落一地的紙。

「你有病啊！」柳夏直接罵了出來，球雖然沒踢到她，但是就砸在了她身邊的桌子上，嚇了她一跳。

周末對著手哈了一口氣，不理會柳夏的憤怒，然後走到窗戶邊，關上了窗戶，怕凍著杜敬之。

他之前收到了訊息，讓他回來看一下元旦聯歡會主持人的演講稿，這些東西能儘快搞定是最好的，還能讓主持人熟悉一下臺詞，多點練習時間，訊息還是程樞發來的，他也就直接過來了。

結果來了之後發現辦公室裡只有柳夏一個人，傳訊息給程樞，程樞很快回覆：廁所呢，馬上回去。

周末遲疑了一下還是走了進來，一進來就打開了窗戶。

柳夏問他：「你開窗戶幹什麼啊？多冷啊！」

「屋子裡有怪味。」周末沒直接說，屋子裡冷，柳夏就能少待一會儘快完成了，畢竟他還穿著大衣，無所謂。

而且，開著窗跟門，還能放出去一些孤男寡女的曖昧氣氛。

「我怎麼沒聞到。」柳夏納悶地問。

「可能在裡面待久了，或者就是妳身上的怪味，妳聞習慣了吧，東西給我。」周末開窗戶的時候，看到在球場上奔跑的杜敬之動作稍微一頓，隨後笑了笑。

他不想浪費時間，準備直接處理完畢，回教室上自習課。

結果，周末剛坐下批註，柳夏就站到了他身後，沒一會就順勢把手伸進了他的衣領裡暖手。

周末幾乎是瞬間就把她的手拍開了，說了一句「滾」，卻被球砸在桌子上的聲音掩蓋了。

緊接著，杜敬之就跳窗戶進來了，周末立即忍不住笑了。

柳夏專心在跟杜敬之過不去，忽略了之前周末神情裡的厭惡，卻沒有錯過周末這個笑容，不由得有些疑惑。

「妳先出去，我跟他單獨聊聊。」周末直接對柳夏說道。

柳夏遲疑了一下，才說：「那你……把這些改好了，送到我班上來吧。」

「好，出去以後把門帶上。」

柳夏離開之後，周末看著杜敬之，依舊是微笑，也不說什麼。

杜敬之從辦公室裡找回了足球，一拍桌子，叫囂道：「怎麼，聽說你要跟我談談？」

「你是體育課？」

「你們班體育課在最後一節啊？自習課改的。」

「哦。」

「怕不怕，杜哥無所不在。」

「不怕，喜歡。」

杜敬之白了周末一眼，拿著球就要開門離開，結果周末快步追上他，拽著他到牆邊，站在這裡，從門玻璃看不到門內的他們。

周末抱著他，模樣依舊笑嘻嘻的，說著：「我沒想到這邊就她一個人，開窗戶也是為了速戰速決，說不定她覺得冷了，會趕緊走，誰知道她會這麼做？」

「我說你拒絕人能不能乾淨俐落一點？她這麼沒完沒了的，不是她的臉皮絕頂厚，就是你拒絕得不到位。」

「好，我的錯，我道歉，我這回肯定處理好。」周末說完，按著杜敬之的肩膀，在他的額頭親了一下，結果一下沒親夠，捧著他的臉，去吻他的唇。

「滾蛋，發情期啊你？」他說完就推開周末，轉身打開門走出去了，正好跟進來的程樞打了一個照面。

杜敬之剛走出不遠，就收到了周末的訊息：嗯，發情期，看到你就控制不住自己。

他幾乎沒猶豫，直接原路返回，到了門口直接用球砸向周末。之所以敢這麼做，也是確定周末是籃球隊的，這麼丟過去一個球，就跟傳球一樣。

周末正在跟程樞說話，意識到球過來，下意識地用手一擋。球擋住了，卻還是因為衝撞的慣性，手背砸在了自己的鼻子上，還挺疼。

「發你個大頭鬼！」杜敬之說完，再次拿著球離開。

程樞有點不解，問周末：「這個人……怎麼回事，怎麼看起來時好時壞的？脾氣讓人捉摸不定。」

周末還在委屈地揉著自己的鼻子，回答：「搞藝術的人嘛，脾氣比較古怪正常。」

「啊……藝術成就還沒什麼呢，性格倒是挺到位的。」

「他早晚會出名的。」周末回答得很確定。

程樞又納悶了一會，還想問，周末就又開始說正事了。

其實，周末也很沮喪，他幻想著，杜敬之可以像跟杜媽媽撒嬌那樣，蹦蹦跳跳，聲音軟綿綿地跟他要糖吃。但是，杜敬之跟他撒嬌的方式就是：用！球！砸！他！外帶各種殺傷力不大的家庭暴力，再來就是撩完就跑。

杜敬之踢著球出去的時候，黃雲帆已經在門口等了，看到杜敬之就抱怨：「我說杜哥，你怎麼那麼慢？我還以為學生會的人為難你了呢，想進去看看，劉天樂還攔著不讓。」

「沒事……」杜敬之有點疑惑地看向劉天樂，沒說什麼，只是把球踢給了黃雲帆，黃雲帆立即帶球跑遠了。

劉天樂走到了杜敬之身邊，吞吞吐吐地說了起來：「杜哥，其實我上次……說岑威的那次，就是想罵這個人，不是針對那件事，所以你別往心裡去。」

杜敬之一下子就想到了劉天樂說岑威可能是同性戀，很噁心的事。因為這件事，他還難受了一陣，所以記憶深刻。

「怎麼了？」杜敬之有點心虛地問。

「沒什麼……就是吧，我不反同，反正被爆菊、擼管的人也不是我，我管不著那些，你高興就行……我突然想明白上次在那個辦公室裡，你為什麼生氣了。」劉天樂說完，拍了拍杜敬之的肩膀，直接跑遠了。

杜敬之看著劉天樂半天，突然說了句意味深長的話：「我操……」

今天這球，沒法踢了。

杜敬之放學後回到家裡，剛拿起畫筆構思其他的系列圖，就接到了劉天樂的電話，劉天樂一開口就是說：「你們倆挺高調啊，這是要公開？」

「什麼意思？」杜敬之有點納悶，他跟周末是躲在辦公室裡偷偷親親的啊。

「看看你家那口子的簽名檔吧，在學校好幾個群裡被截圖發了個遍。我終於體會到了什麼叫校內爆炸性新聞，比你在七中貼吧那次轟轟烈烈多了。」

「等下，我看看。」

杜敬之趕緊掛斷了電話，點開了周末的好友資料，就看到了周末的簽名：戀愛了。

就三個字，簡潔明瞭。

他鬆了一口氣，還以為周末提到名字了呢。

他立即給劉天樂發了個消息：不會公佈是誰的，只是拒絕一下追求者，你也把嘴給我閉嚴了。

臭臭：這句話怎麼這麼欠打呢，我去，追求者多是了不起，厲害！了不起！地心對膝蓋有特別的吸引力！

敬而遠之：事實而已。

臭臭：他是不是瞎？

敬而遠之：你什麼意思？

臭臭：雖然不想承認，但是還是要說，你撿便宜了。

敬而遠之：放屁，你哥我不夠帥？

臭臭：哥，認清你自己，你也就帥加會畫畫而已，現在還運氣比較好，碰上一個眼瞎的。

杜敬之不開心便立即起身，打開露臺門就去了周末那邊，打開周末的房間門就問：「周末，你喜歡我什麼？」

周末正坐在電腦前，看著電腦螢幕，被他突如其來的舉動嚇了一跳，下意識地回答：「可愛。」

「這個不對勁，說！杜哥是不是帥？」

「帥。」

「杜哥有沒有才華？」

「有。」

「再說說杜哥其他優點。」

周末吞咽了一口唾沫，回答：「皮膚白？」

「我要帥內在的。」

周末又思考了一瞬間：「善良、孝順、充滿正義感、會做泡麵、可愛、身上香香的、抱起來正好，再胖點更好了。」

杜敬之這才覺得滿足了，聽著就覺得心裡舒坦，往周末的床上一坐，說：「我就說嘛！我這麼好，你看上我是理所當然！」

「對，每次想到我能跟你在一起，我都覺得我特別幸福。」周末說著，伸手拽著杜敬之的胳膊，又把他拽了起來，讓杜敬之坐在自己的懷裡，他從後面環著杜敬之，把下巴搭在杜敬之的肩膀上，讓他看電腦螢幕，「看。」

杜敬之看向電腦螢幕。

他這幾天也跟著周末研究了會微博這東西，所以能夠看懂一些東西，看到自己的微博粉絲已經有四千多了，不由得有點驚訝，問：「你又騙粉了？」

「沒，我把你做泡麵的影片發上去了，結果居然有人轉發，還被一個粉絲數量很高的人轉發了，使得微博一下子有三千多則的轉發量了。剛才我刷新一下，粉絲就漲幾個。」

杜敬之看了以後，一陣崩潰：「你怎麼把這個發上去了？」

「真別說，因為小鏡子長得帥，還真挺漲粉的。」

他也就耐著性子，去看評論：

午曦：小哥哥好帥！

一二三木頭人乖乖：感覺這個小帥哥跟畫外音是一對情侶……

袖風染雨：我的媽，原來泡麵還有這麼多道理？我都是一起胡亂煮，然後胡亂地吃。

瓜仔！：突然想吃泡麵了。

英俊：注意到某款泡麵的價格跟我這裡不同。

折木喵：看這價格，應該座標二線城市。

特曼撩人不自知：已經照著做了一份，可能是技術不行，總覺得做得沒有影片裡的好看。當然，主角更好看。

魯迅家門前的兩棵棗樹：這麼好看的帥哥！還這麼會做飯！帥哥缺女朋友嗎？很能吃的那種。

杜敬之看完之後再去看自己其他的微博，看完就崩潰了，指著電腦螢幕就問：「我畫的畫不好看嗎？為什麼畫的轉發評論頂多兩位數，這個就三千多？」

「可能是你的臉更出眾吧。」周末淡定地安慰。

「開什麼玩笑！我明明可以靠才華吃飯，最終居然還是要靠臉？」

「還有一個消息。」周末說著，繼續給杜敬之看其他的，「有人找你約稿了，畫一本書的封面圖，因為你的人氣不高，對方開價三千五百元，但是因為你畫工到位了，我討價還價到五千元一張了。」

「還真有人約稿？」

「對啊，看到草圖之後直接付定金一千五百元，上色完畢付兩千五百，圖掃描完畢了，傳過去了付最後的錢。」

「可以啊！畫什麼，難嗎？」杜敬之仔細看了一遍要求跟例圖，立即覺得挺簡單的。

周末在這個時候問他：「用這個方法，可以提高曝光度，然後就能吸引來人跟你約稿了，還不違背你的原則，也沒有什麼代價，你願不願意？」

「嗯……也行吧。」杜敬之妥協了，畢竟他這個人，要錢不要臉。

兩個人正在研究這份約稿的時候，周末突然收到了程樞發來的消息。

不成熟：周哥哥，怎麼個情況啊你!?

周末看了一眼，隨後打字回覆，這個時候杜敬之才發現，周末打字是一指神功，打字速度慢如龜速，果然是很少玩電腦的學霸。

周末：沒什麼情況。

不成熟：你談戀愛了？

周末：嗯。

不成熟：居然是真的？

周末：對啊。

不成熟：和誰啊？我怎麼沒聽你說過？

周末：和青梅竹馬。

程樞那邊停頓了一會，才顯示了正在輸入的狀態：我服了……你談戀愛，我這邊被消息轟炸，他們怎麼不問你呢？

周末：可能是因為我好友比較少？

不成熟：我都快成了你專屬秘書了，煩死我了。

周末：抱歉啊。

不成熟：傳個照片來看看，漂亮不漂亮？

周末：不傳給你，但是非常漂亮。

不成熟：比柳夏好看？

周末：比她好看多了。

不成熟：行，看我簽名。

周末點開看了一眼，看完就笑了，簽名內容是：行了，都別問了，那傢伙確實戀愛了，對象是他的青梅竹馬，很漂亮，沒照片，再問自殺。

這個時候，周末的好友欄裡彈出了一個女生的頭像，點開對話方塊，看到是柳夏發來的消息：周末，你是為了拒絕我才這麼說的吧？其實你根本沒有女朋友，對吧？

周末：別太把自己當回事。

回覆完這句話，周末直接把柳夏設黑名單了，然後伸了一個懶腰。

結果杜敬之一下子跳起來了，指著電腦螢幕質問：「你還有她好友!?有手機號是學生會需要，加好友也是嗎？」

周末被問得一愣，隨後回答：「她申請好友的時候，沒表示對我有好感，我覺得反正都認識，就加了。」

「這就是你說的拒絕啊?好友都沒刪，現在刪了是怕我看到你們聊天記錄？」

周末看著杜敬之，一臉目瞪口呆的表情。

杜敬之更惱了，直接嚷嚷：「你不出聲是因為心虛嗎？」

「不是……是因為委屈……」

杜敬之站在原地思考了半晌，突然覺得自己的醋勁確實有點大，不由得有點尷尬，咳嗽了兩聲，指了指自己的房間：「我……回去畫畫了。」

「我只喜歡小鏡子。」周末說的，是完全不相符的話題。

「呃……」

「雖然不知道你為什麼要這麼敏感，但是還是應該跟你說一下，我只喜歡你。抱歉，可能是我做得不夠好，所以才會讓你這麼不安。」周末開始道歉，雖然不知道需要道歉的原因。

杜敬之這才安靜下來，只是盯著周末看，總覺得有的時候跟周末發脾氣，簡直就是一拳頭砸在了棉花上。

沒有安全感，是因為周末太優秀了，隨時都怕出現強勁的對手，把周末搶走。

「其實我……」杜敬之有點尷尬地撓了撓頭髮，不知道該怎麼解釋好。

「你想不想點吃什麼？」周末很體貼地主動轉移了話題，不想讓杜敬之這麼尷尬。其實，周末也不在意杜敬之如何解釋，只是想告訴他自己的心意，讓他安心罷了。

「沒什麼，我想快點把那個畫的草圖畫了。」

「行，我跟著你過去，等會我拿幾份考卷跟書。」周末說著，趕緊收拾了東西，然後打開抽屜，在整整一抽屜的棒棒糖裡，取出了幾根來。

杜敬之看著那一抽屜的糖，算是承認了，這傢伙真的是批發的棒棒糖商。

兩個人到了杜敬之的房間，杜敬之按照要求打起了草稿。

他的畫總是十分大氣，很擅長畫景物，無論是構圖，還是細節的描繪，都能夠彰顯功底，有的時候，第一眼看他的畫，會誤以為是實物相片。水彩畫又是他最近這段日子一直在練習的，自然信手拈來。

在杜敬之用鉛筆勾畫輪廓的時候，周末又在旁邊錄了起來。

杜敬之有點不好意思，畫幾下就停下來看向周末：「你不用看書嗎？」

「就錄一會，我也不能總看書啊，多累。」

杜敬之這才沒再說什麼，又勾勒了幾筆，才又問：「就這麼乾錄？用不用我講點什麼？」

「你隨意。」

「你知道我名字的典故嗎？」杜敬之問周末，「我沒跟你說過吧？」

「沒有。」

「我姥姥瘋狂迷戀金庸作品，最喜歡的就是郭靖，覺得郭靖忠厚老實，而且傻人有傻福。所以給我的名字取了一個諧音，叫敬，平時也叫我敬兒。另外一個字取自誰，你猜？」

周末笑了笑，問：「林平之？」

「沒錯！我姥姥說我長得好看，所以取了個之字。因為金庸的描寫就是林平之面容秀美，勝似女扮男裝，勾人花旦，長身玉立，玉樹臨風。」杜敬之說完，翻了一個白眼。

周末拿著手機一個勁地笑，錄的影片都在發顫，不過那好聽的笑聲，也被錄進了影片裡。

「啊……聊天好難啊，感覺我就是那種不會聊天的人，聊著聊著，就把天聊死了，那我唱歌吧。」

「可以啊。」

杜敬之這才坐在畫板前，拿著鉛筆，勾勒著草圖，同時開始哼歌，全部都是清唱。杜敬之的聲音還有點少年音，聲音脆生生的，說話的時候乾淨俐落，顯得人雷厲風行，唱歌的時候也很好聽。

他畫畫的時候，坐的是類似酒吧吧台的升降椅子，下面有滑輪，這種椅子不占地方，而且方便。他的習慣是畫一會，就停下筆，坐在椅子上往後退一段距離，看一會畫面，然後有看著不舒服的地方就改，如果完美就繼續畫。

今天則是心情不錯地唱歌畫畫，唱的都是周末喜歡的蔡依林、周杰倫、孫燕姿的歌。

草圖很快就完成了，周末停止錄影，對著畫面照了一張相。

看著手機裡的相片，周末突然覺得不過癮似的，回到了自己家裡，沒一會就拿著周爸爸專業的相機過來了，到了畫架子前，說：「你再擺一下畫畫的姿勢。」

讓杜敬之對周末擺造型，杜敬之還有點不好意思，舔了舔嘴唇，最後還是聽了周末的話，按照自己平時的習慣擺出姿勢，又描了幾下畫。

周末著重拍了杜敬之的側臉以及那雙手。

那是一雙好看到離譜的手，手指細長，關節均勻，皮膚白皙，握著筆畫畫的時候尤其好看。

在周末看相片的時候，樓下傳來了杜媽媽跟杜衛家吵架的聲音。

杜敬之的動作一頓，頓時心情差了起來，家裡這些破事，總是讓他心煩。

周末放下相機，說道：「剛才我回去的時候，已經把草圖傳給那個編輯了，估計他得明天工作時間才能回覆，你先忙別的，我下去看看。」

他趕緊拉住了周末的手腕：「你別管了，他們倆不是第一次吵架了，反正都已經開始起訴了，說是過完年開庭。」

「沒事，我就看看。」周末走出了房間門，下了樓梯。

他坐在畫架子前，沉默了一會，就發覺，樓下吵架聲音停了，然後是杜衛家摔門離開的聲音。

又過了一會，周末就端著果盤上來了。

「你勸架了？」杜敬之問。

「沒，我下去的時候，他們剛好吵完。」

「嘖。」

周末把果盤放在桌面上，又重新拿起相機，說道：「我回去學一學怎麼修圖，先不跟你一塊了。」說著，從口袋裡掏出糖，放在了果盤旁邊。

「拿個蘋果再走。」

「好。」

周末走了沒一會，杜媽媽就上了樓，對杜敬之說：「敬兒，媽跟你說個事。」

「什麼事？」杜敬之正在寫作業，頭也沒回地問。

「今年過年，我不跟你一塊過了，過年期間有個出差的任務，我去了，能得到五倍左右的薪水，所以……」

「沒事，妳去吧，我沒事的，大不了去姥姥家。」

杜媽媽這才點了點頭，走到杜敬之身邊，掏出一疊錢放在了杜敬之身邊：「這次時間久，過完年才能回來，你算計著點花，實在不夠了跟你姥姥要也行，她過年肯定能給你壓歲錢，我估計是夠了。」

「行啊，我最近也開始賺錢了，開始有償幫人畫畫了。」

杜媽媽聽了先是蹙眉，隨後才問：「你畫這個，會不會耽誤功課，或者是耽誤練習畫畫？」

「可以在同時當成是練習了，挺好的。」

杜媽媽又猶豫了一會，才說：「經濟方面，媽媽能努力賺錢，所以你不用太在意，你目前主要的任務就是讀書，如果會耽誤，就別為難自己。」

「嗯，我心裡有數。」

杜媽媽似乎還想叮囑幾句，看到杜敬之正叼著棒棒糖寫作業呢，怕杜敬之覺得她嘮叨，也就不再說什麼了，離開了屋子。

杜敬之拿起錢數了一下，一共是七千五百元錢，然後放進了口袋裡。

在第二天上學，杜敬之才知道周末的那一條簽名造成了多大的影響。

先是柳夏跑到一班門口，非要找周末說話，周末不肯出去，她乾脆在一班門口蹲著哭了起來。也因為柳夏這一舉動驚動了學校的老師，然後就是一班班導找周末談話，緊接著，周末又被高主任帶去談話。

這一系列下來，周末還是雲淡風輕的模樣，倒是把幾個在意他的老師著急壞了。

杜敬之也跟著著急，偷偷給周末傳訊息問：你那邊什麼情況啊？

等到了第七節課上課的時間，周末才回覆訊息：目前還好，跟他們保證我期末還能是第一名，這才放過我，說是如果我成績下降，就請家長。

杜敬之：你得努力啊！

周末：不相信我實力？

杜敬之：相信是相信，但是哥哥你最近有點縱慾過度。

周末：哪有，我明明十分克制！

杜敬之：反正之前，我完全沒想到你是這樣的人。

周末：什麼樣的人？

杜敬之：色，特別色，不停地親。

周末過了好一會都沒回訊息，直到放學都沒有消息，弄得杜敬之有點慌，生怕周末是生氣了。

後來，回家之後，周末跟他說，他才知道了當時的情況。

周末被班導訓話之後，班導還以為他會老實，結果上自習課不學習，明目張膽地傳訊息，還「噗哧」一聲笑了，氣得班導要沒收周末手機。

周末怕班導翻訊息看，一邊往講臺走，一邊替手機設置密碼，設置完了才把手機給了班導。

班導氣得夠嗆，直接把周末拎出教室，又毫不留情地罵周末罵了一節課的時間。

接近元旦小假期，杜敬之還是滿期待的。因為是法定節假日，大家都想過節，所以補習班跟畫室都不開課，他跟周末終於有了幾天時間可以在一塊撒野了。

剛進入教室，就看到不少學生已經在製作一些小道具了，準備給下午的元旦聯歡會使用。

杜敬之不太在意這個，剛到座位，就看到周蘭玥愁眉苦臉地坐在座位上，嘴唇還有點白，讓杜敬之疑惑了一下，還是問：「妳怎麼了？」

「沒……沒怎麼。」周蘭玥有點虛弱地回答。

「別吞吞吐吐的，哥問妳話呢，妳有事就說。」

結果，周蘭玥白了他一眼，回答：「生理痛，而且，今天穿的是絲質的內褲，貼了衛生棉老滑下來，正煩惱呢。」

「呃……」杜敬之真就尷了一個大尬。

杜敬之的印象裡，周蘭玥就是不合群，偶爾被欺負的人。因為她開導過自己，讓他下意識地會想要「罩著」這個女生。不過生理痛這個問題，他真的不知道……該怎麼解決。

「多喝點熱水。」杜敬之思考了半天，這才放下書包坐下了。

沒一會，劉天樂來了，進來之後也是灰頭土臉的，杜敬之都懶得問了，怕劉天樂也是生理期來了。

結果，沒一會劉天樂就轉頭跟杜敬之說：「杜哥，你幫我分析分析，我女朋友為什麼生氣吧？」

周蘭玥原本就在側身坐著，聽了之後就樂了：「你一下就問了一個世界性難題。」

「你讓我一個沒交過女朋友的人，怎麼幫你分析？」杜敬之也問了一句。

劉天樂這個鬱悶啊，開始有病亂投醫，繼續問他們倆：「我昨天和她去吃飯，我說我知道有一家米線特別好吃，我帶她去吃。吃了之後發現確實好吃，她就生氣了。」

杜敬之聽了十分詫異：「因為你……沒早點帶她去吃，所以她生氣了？」

「不是，她覺得大多是女生愛吃過橋米線。然後我能知道這裡肯定是前女友說的。她還說，想到我曾經在這裡跟前女友吃過米線，她就生氣了，沒一會就氣哭了。」

周蘭玥聽了，也挺詫異的：「這個生氣的理由很充分啊！」

「可是……我只是帶她去吃個米線而已啊！而且我真的是自己發現這裡米線好吃，不是和前女友啊！」劉天樂還是覺得自己很冤枉。

「跟她解釋啊！」杜敬之回答。

「解釋了，結果她說，你果然有前女友，然後哭得更凶了。」

杜敬之跟周蘭玥一塊笑了，好半天停不下來。

劉天樂崩潰得直撓頭，看著他們倆，氣不打一處來，開始數落杜敬之：「所以這就是你不找女朋友的原因？」然後飛了個眼，意思就是這就是你交男朋友的原因？

杜敬之沒好意思說，他跟周末在一塊，他才是無理取鬧的那個，還因為他愛吃醋，弄得周末被班導罵了好幾次。

想到這個，他又想起了周蘭玥跟岑威給他留下的陰影，突然意識到，他可能真的是……下面的那個。

走了一回神，就聽到劉天樂跟周蘭玥聊天了。

「你女朋友挺可愛。」周蘭玥聽完之後，忍不住感歎了一句。

「可愛是可愛，可是……我現在特別糾結，我要給她傳訊息道歉嗎？因為我真的有前女友道歉，還是因為我帶她去吃米線道歉？」

杜敬之把手一伸：「手機給我。」

劉天樂把手機給了杜敬之，杜敬之拿著手機打了一行文字，是周末說給他聽的：雖然不知道妳為什麼要這麼敏感，但是還是應該跟妳說一下，我只喜歡妳。抱歉，可能是我做得不夠好，所以才會讓妳這麼不安。

打完字，把手機遞給了劉天樂。

劉天樂看著訊息，表情複雜了半天，才抬頭看了一眼杜敬之。

杜敬之有點心虛，乾咳了一聲，開始整理自己的東西。

過了一會，劉天樂回頭跟杜敬之比畫了一個大拇指，小聲說了一句：「厲害，搞定了，她還主動跟我道歉了。」

杜敬之突然覺得，周末簡直就跟教科書一樣會哄人。

拄著下巴，杜敬之開始突發奇想，取出速寫本來，開始把他跟周末相處的點點滴滴用長條漫畫的形式畫了出來，而且靈感爆發得特別快，一下子就停不下來了，連黃雲帆踩著鈴聲進教室，還偷走了他書桌裡幾根棒棒糖都沒在意。

下午的元旦聯歡會，所有的學生都被帶去附近的一家劇院裡，學校租用了場地給他們，讓他們全部學生都能夠坐進禮堂裡，就連高三衝刺的學生都難得地來了。

初期挺沒意思的，不能唱流行歌曲，只能唱勵志歌曲跟校園歌曲，還有就是詩朗誦，或者是彈鋼琴、拉小提琴。

杜敬之看得直打瞌睡，手裡握著班級裡學生們做的鼓掌小道具跟黃雲帆打架，還因此被班導罵了幾句。

兩個小時結束後，就是三中的特色了，老師全部退場，不再限制內容，舞臺交給學生自由發揮，全程都由學生會來主持。

杜敬之坐直了身體，看到主持人已經換成了柳夏跟程樞，在四周尋找了一圈之後，看到了周末拿著清單站在舞臺下面，似乎是在指揮著什麼。

一到這種時候，周末總是最忙的，上次單獨跟柳夏在辦公室裡，也是因為要修改柳夏的演講稿，當時程樞正好出去上廁所。

老師走了以後，學生們放得更開了，在舞臺上表演節目的，也是花樣百出，現場氣氛一下子好了起來，就像是在參加一場演唱會。

這個時候，柳夏站在臺上，拿著麥克風說：「想唱一首歌，送給一個人，希望他喜歡，也希望大家喜歡。」

然後唱的是蔡依林的《說愛你》，估計是知道周末喜歡蔡依林。

劉天樂看著臺上唱歌的柳夏，不由得皺眉：「這傢伙……真是死纏爛打啊。」

「其實我突然覺得，柳夏雖然有些地方挺讓人討厭的，但是這股子勁頭倒是挺厲害的。如果寫小說，估計柳夏就是書裡苦追男神的女主角，一直不肯放棄，敢愛敢恨敢對外宣佈，也挺厲害。然後我這樣的人物設定，估計就是那種惡毒的反派。」

劉天樂看了杜敬之一眼，忍不住笑了，然後說道：「黃胖子估計就是路人甲的角色了，淡定吧杜哥，真要是小說，你戲份還挺多，至少混了點戲份。」

「說是這麼說，還是挺不爽的。」

黃雲帆突然探頭過來看：「你們倆小聲說什麼呢？我告訴你們啊，我早放棄她了，現在看到她就煩。傻子似的追著人家後屁股跑，結果人家根本不鳥她，丟不丟人啊？」

杜敬之抬手拍了拍黃雲帆的肩膀：「至少曾經努力過，之後想起也不會後悔，就好像你當時一樣。」

黃雲帆聽完，這才沉默下來，點了點頭，知道杜敬之是在變著法子地安慰他。

柳夏唱完這首歌，場內就轟動了，有人帶頭喊了起來：「周末來一個！」

好像學校裡不少人都知道，柳夏在追周末。最開始周末還在替柳夏保密，現在卻是公開的秘密了。

呼喊聲從最開始一兩個人，到一群人都在喊，好半天都不停止。

杜敬之直接罵了一句：「我操……」

這個時候，周末上臺了，還穿著校服，依舊是平時的樣子，走上台就開始拆架子上的麥克風，還沒說話，就先溫和地笑了：「抱歉，這個麥克風有點矮。」

然後就是一陣瘋狂的歡呼聲，幾乎是這天下午人氣最高的時刻。

周末在學校裡人緣好，男生跟女生都對他印象不錯。外加剛才柳夏唱了那麼一首歌給他，大家都等著看八卦呢，無論是接受還是拒絕，都是大家期待看到的八卦。

這也使得不少人看到周末上臺，就興奮起來。

「其實最開始我沒準備節目，因為我需要規劃聯歡會也挺忙的，不過既然大家這麼強烈要求了，我也不能推辭。這樣吧，我也唱一首歌，也唱給一個人。」

說完這句話，全場再次沸騰。

杜敬之就這麼看著周末站在臺上從容的樣子，總覺得，周末從來沒有慌張過似的。

啊……也不對，他第一次強吻周末的時候，這傢伙也懵過。

正想著，就看到周末不緊不慢地從口袋裡取出手機，按了幾下按鍵，然後拿著麥克風說：「唱給我媳婦。」

緊接著，杜敬之口袋裡的電話就振動了起來。

杜敬之直接傻了，趕緊取出了手機，想了想，還是按了接聽，但是沒拿起來，只是握在手裡，沒說話。

周末看到電話被接聽，先是笑了笑，然後對台下晃了晃，然後對台邊的程樞示意，音樂響起來。

周末準備唱的歌也挺耳熟能詳的，王力宏的《唯一》。

周末的聲音很乾淨，很透徹，吐字清晰，讓人聽起來很舒服。唱起歌來也很溫柔，也因為要唱歌給杜敬之聽，也唱得特別深情。

「Oh Baby，你就是我的唯一，兩個世界都變形，回去談何容易……

「確定你就是我的唯一，獨自對著電話說我愛你，我真的愛你。Baby，我已不能愛你多一些，其實早已超過了愛的界限……」

獨自對著電話說我愛你，我真的愛你。

嗯。

我也愛你。

劉天樂坐在杜敬之身邊，看著杜敬之手裡拿著手機，手機螢幕亮著，當即感歎了一句：「我去！我去！我去！他這種人就活該受歡迎！我一個男人都被撩到了。」

另外一邊是黃雲帆則是跟著感歎：「簡直太不要臉了！有這麼秀恩愛的嗎？我突然好奇他女朋友有多好看了，連柳夏都拒絕了，還在這麼多人面前，一點情面都不留，柳夏也算校花級別了吧？」

劉天樂探頭看了黃雲帆一眼，回答：「應該……挺好看吧。」

杜敬之坐在中間，模樣有點尷尬。

這個時候，周末已經唱完了，重新拿起電話說了一句：「拜拜，回去再打給你。」然後掛斷了電話。

這句話沒有對著麥克風說，但是還是被捕捉到了，至少很多人都聽到了。

然後周末重新拿起麥克風，依舊是笑吟吟的模樣，說道：「如果有人想上臺表演節目，就到舞臺右側找我或者其他的學生會成員，我們會用電腦幫你找伴奏。」

周末剛說完，黃雲帆就跳起來了：「老子也要給一個人唱歌。」

沒一會，黃雲帆就上臺了，拿起麥克風就對下面宣佈：「我也要唱一首歌給一個人，就是我最尊敬的杜哥。」

杜敬之差點吐出一口血來。

然後，他就看著黃雲帆跟抽了似的，激情四射地唱了一首：《猴哥》。

之前，周末唱歌的時候，杜敬之的心臟是在顫抖的，估計是被周末震撼了，或者說是被感動了。現在，看著黃雲帆這個死胖子撒野，他只想揍這傢伙一頓。

他發誓，不是因為他顏控。

黃雲帆下場後，還跟杜敬之得意呢：「猴哥，不對，杜哥，你說剛才的場面像不像三角戀的現場？」

「三角戀的話，是不是你喜歡柳夏，柳夏喜歡周末，周末喜歡你？」

「不是，就三個人，不用周末喜歡我，被他喜歡怪嚇人的。」

「就算不用，我也覺得，你在三個人裡，也只是個配角。」

「我靠！」

聯歡會結束，學生們就散了，各自回家。

杜敬之下了公車，剛走幾步就注意到有人跟在了他身後，忍不住揚起嘴角微笑，卻沒有停止步子，只是繼續朝前走。

走到社區門內的時候，周末突然加快了步子，扯開外套，將杜敬之包在自己的衣服裡，這樣抱著他，在他頭頂親了好幾下，問：「冷不冷？」

「冷啊，肯定冷啊，怎麼辦？」

「走走走，圓規哥哥回家給你暖暖。」

「鬆開，別讓鄰居看到了。」

「怕什麼，上次還是在這表白的呢。」

「把嘴閉上！」杜敬之又想起了自己差點當周末面前哭出來的那羞恥一幕。

周末沒說什麼，笑迷迷地鬆開他，跟他一塊上樓。

「假期你打算幹什麼？」杜敬之問周末，這是他們難得不用補課的時間。

「沒想好呢，我家裡想讓我去練車，我不確定駕訓班真的有人。」周末回答。

「你在考駕照呢？」

「嗯，家裡讓的，等成年了就直接把駕照拿到手，說是要改制度了，以後會越來越難考。反正也不難，多練練也是為了心裡有底。」

「竟然都開始學車了……家裡要給你買車？」

「大概是成年禮物吧。」

杜敬之點了點頭，他估計，他成年的時候，頂多是家裡長輩給他幾千塊錢，周末家裡直接買車了……

不過也對，周末現在都是有別墅的人了，有車有房，很正常。

這個時候，周末已經開始長吁短嘆了：「小鏡子趕緊長大吧……」

「我很小嗎？」

「比我小啊，所以只能忍著。」說著，湊到了杜敬之耳邊，小聲耳語，「因為色狼還想做更色的事。」

杜敬之直接給了周末一手肘，被周末穩穩地接住了，估計早就摸透他的套路了。差點被揍，周末也不生氣，只是繼續微笑著看著杜敬之。

他又走了幾步，突然問周末：「沒成年不能做？」

周末一愣，隨後突然臉紅了。

他有點好奇周末在這一瞬間想到了什麼，不然臉怎麼紅得這麼快？

他想逼問周末，卻被周末岔開了話題，問他：「小鏡子，要不我們倆私奔吧？」

「啊!?」

「今天晚上開始收拾東西，明天我們一塊走，然後放假前一天晚上再回來，我可以跟阿姨解釋。」

「不用，我媽出差去了，我家裡也不會在意我去哪裡了，只不過我們去哪裡啊？」

「我家三環邊上的別墅裝修完了，傢俱也都全了，還找過除甲醛的隊伍了，之後就可以住人了。我們倆去那吧，待幾天後再回來。」

「這麼早就整理好了？」杜敬之還挺驚訝的。

「家裡故意收拾的，我過年的時候去那裡，那裡安靜，可以讓我認真讀書。我們這樓下總有跳廣場舞的，有點吵。」

「有點帥啊！到時候你一日三餐自己做？」

「請鐘點工。」

「啊……有錢人家的少爺。」杜敬之有那麼點羨慕。

「你是有錢人家的兒媳婦。」

「滾蛋，誰是你媳婦!?你唱歌的時候叫媳婦的帳我還沒跟你算呢。」

「好，等會讓你咬我。」周末說著，從口袋裡取出鑰匙，打開了家裡的門，兩個人一塊走了進去。

到了二樓周末的房間，杜敬之剛脫掉外套，周末就走過來抱住他，剛想接吻，兩個人的毛衣摩擦，發出了一陣電流碰撞的劈啪聲響，兩個人觸電一般地又分開了。

杜敬之正愣神呢，周末就笑了，問：「這就是觸電般的感覺嗎？」

「可能是吧。」

周末沒猶豫，直接把毛衣脫了，隨手扔在了床上。

杜敬之還當能看到周末身體呢，結果，裡面居然還穿著一個淺灰色的背心，不由得有點失望。

周末從櫃子裡取出睡衣套上了，然後走到電腦前打開電腦。

杜敬之已經知道周末把糖都放在哪裡了，於是自己打開抽屜，取出了一根棒棒糖吃了起來，探頭問周末：「那個編輯那裡怎麼樣了？」

因為他們是學生，跟編輯的工作時間對不上，最後編輯只能回到家裡，還在跟他們倆溝通。不過這個編輯還算親切，只是要求改了一些小細節，之後再上色，接著掃描上去，又用電腦調整了幾次顏色跟格式，這才算是交稿了。

「我看看。」周末說著，打開了自己的手機，看到了編輯的留言，是振奮人心的消息：稿子已經看過了，非常好看，絕對是五千元的價格，畫了兩萬五千元的檔次。稿費我們這邊需要報財務，所以有點麻煩，只能下個月跟作者的稿費一起打到你的卡裡。

「這就算是搞定了？」杜敬之問。

「嗯，一千五百元定金已經收到了，其餘的都得下個月收到。」

杜敬之不由得有點高興，這幅畫雖然因為經驗不足，有點波折，卻也是五天之內就搞定了。按這樣的速度，如果以後約稿滿了的話，一個月幾萬元是不成問題的。

而且，這個編輯也說了，按照他的水準，這種精緻程度，這個稿酬價格是有點低了。

以後如果他的人氣漸漸提升，知名度高了，說不定稿酬還能再多點，光想想，就忍不住興奮起來。

「我突然覺得我月入過萬不是夢了。」杜敬之忍不住感歎。

周末也替杜敬之覺得高興，打開了微博，去看微博上的情況，畢竟這是杜敬之最近難得能獲得人氣的途徑。

微博粉絲最近固定在了六千後就不動了，每天也就增加幾個粉絲，那條影片的熱度已經完全降下去了。

之後就是周末上次發的微博，就是拍的杜敬之畫畫時的相片。

周末特意研究過攝影，而且，特意用軟體修了圖，所以圖片看上去還不錯，尤其是杜敬之臉小，特別上相。

這條微博有四張相片，草圖的畫面有一張，畫畫時的手部特寫兩張，杜敬之的側臉一張。這條微博的轉發量不算太高，只有兩百多，評論卻到了五百多。

杜敬之推開周末，自己坐下，隨便點開評論，看了起來。

看我嚴肅的臉：側臉秒殺了我，然後手征服了我，認定了，你是我的男神了，成功升級為忠粉。

睡懶覺是朕的最大愛好：敬兒簡直不要太帥！

Mandy：畫外音小哥照的相片嗎？

邶邶嘰：神仙畫畫。

LJong：吼吼看！沒錯，我說的是人！

格子襯衫：不會是擺拍吧？誰知道是不是你本人畫的？

周末看到那些質疑的評論，不由得有點不高興，讓杜敬之起來，自己坐在電腦前，開始編輯影片，同時嘟囔：「不許長得好看的人畫畫也好看啊，這些人就是眼紅！」

「其實也正常，光看我這張臉，也就像個混混，沒想到骨子裡這麼文藝青年。」杜敬之心態還挺好的，笑迷迷地說。

「反正我不許他們批評你，我把這個影片做完，他們就知道是你自己畫的了。」周末正在編輯的是杜敬之畫這幅畫的全過程，因為時間太長，覺得許多人會沒耐心看，周末在替影片加速外加剪輯。

「哎呀，圓規哥哥怎麼這麼好呢！」杜敬之捏著鼻子說了一句。

周末笑了笑，然後回答：「因為圓規哥哥喜歡小鏡子啊。」

杜敬之坐下之後，從書包裡把自己的速寫本拿了出來，翻開遞給了周末：「把這個掃描了吧。」

周末看著小漫畫，注意到杜敬之畫的是自己給他乞丐褲貼膠帶的那件事，忍不住笑了起來，點了點頭，表示：「畫得還挺有意思的，小鏡子當時臉紅了啊？」

「有那麼點吧……」杜敬之開始強調，「這是漫畫體懂嗎？就是一種表現手法。」

「哦，這樣啊。」周末依舊在笑，眼眸彎彎的，樣子看起來特別溫柔。

長條漫畫是用彩色鉛筆畫的，怕掃描的時候顏色會太淺，杜敬之特意將顏色畫得有些深，卻不耽誤那種小清新的感覺，色彩搭配也特別好，這可能是杜敬之天生色感就特別好。

漫畫只有細節，沒有對話，卻因為小人物的神情跟動作，一下子就能夠看出來主角當時的情景。

而且，兩個人的形象很有各自的特點，杜敬之的形象是棕色的頭髮，周末的特點是腿長。

杜敬之站起身來，說了一句：「我回去收拾一下東西，準備一下明天一塊走的時候需要用到的東西。」

「好，你去吧，隨便拿點就行，其他我帶。」周末把速寫本放進了掃描器裡，繼續操作著，並不在意地說。

杜敬之離開了一會之後，周末已經用軟體調整好了漫畫，裁切、調整大小之後，直接發到了微博上，配上一段文字：有一種冷，叫作老公覺得你冷。

弄好了之後，他拿出速寫本，頁面嘩啦啦地在他的眼前瀏覽過了一遍，停留在上一頁，是杜敬之畫的負能量小漫畫，他看了忍不住「噗哧」一聲笑了，然後把這張圖也掃描存起來，保持一直有更新的狀態。

再往前面一頁，也是負能量小漫畫，再次掃描。

接著，再翻一頁，動作一頓。

畫面上是他，一眼就看得出來。

畫面中的他有些冷漠，面部細節都把握得很好，整個人沉默、隱忍的神情體現得淋漓盡致。

他的身後是熟悉的小巷子藤蔓，還有幾片葉子，他似乎一瞬間就想到了，這張圖是哪個畫面。抬起手輕輕撫摸這張紙，有幾處是十分分明的濕了又乾了的痕跡。

指尖有點發顫，似乎有些心疼杜敬之。

看了良久，他才用手機把這張圖照了下來。

再翻幾頁，發現速寫本裡好多張畫的都是他，甚至是一張在扯著衣服，準備脫衣服的人物速寫，他都能夠一下看出來，那是他。

這個速寫本，杜敬之一向只放在書包裡。

他會偶爾看杜敬之的畫，卻不會去翻杜敬之的東西，所以這個速寫本，他還是第一次看到。

暗戀一個人的時候，就好像一個人演了一部言情片，其中的情節全部都是他有多喜歡杜敬之。

他從來都不知道，杜敬之有多喜歡他。

合上速寫本，他沉默了好一會。

電腦網頁上，微博右上角提示的消息數量還在改變，他卻沒有心情去看。

發了一會呆，杜敬之已經拎著一個背包過來了，跟周末念叨：「我帶了換洗的衣服跟襪子，還有洗漱用品，還有什麼要準備的嗎？」

「沒有了，東西不夠買就行了，而且也沒多遠。」周末說著，走到了杜敬之面前，伸手抱住了他，突然感歎了一句，「小鏡子，我好喜歡你啊。」

杜敬之被弄得莫名其妙的，剛想問什麼，周末的手機就亮了，在傍晚沒開燈的房間裡，還挺醒目的。

雖然把訊息設置成振動，但是來電沒有振動沒有鈴聲，接電話真的是憑運氣。

周末看了一眼來電顯示，遲疑了一下還是接聽了。

電話那端的人，先是客氣了幾句，然後開始說周末的不是，大意就是周末太過分了，在全校面前一點情面也不留給柳夏，簡直惡劣，情商太低，不替別人著想。

周末看了杜敬之一眼，走到門口，想要開門出去，結果被杜敬之攔住了。兩個人眉來眼去了一會，周末還是妥協，留在屋子裡打電話。

「可以聽我說幾句嗎？」周末心平氣和地問。

對面回答了什麼之後，周末才說了下去。

「她第一次表白，我就明確拒絕過，並且告訴她，不要再堅持，我有喜歡的人，她沒聽。那個時候，我還為她保守秘密，並且願意跟她保持普通的同學關係。之後，她一直不肯放棄，這是我無法控制的。在我公開我談戀愛之後，她繼續騷擾我，已經觸碰到我的底線了。她上臺唱歌，還說那些話，是我逼她的嗎？」

對面似乎還在說，說了很多，杜敬之走過去，直接把手機按了擴音，那邊還在說：「她畢竟那麼喜歡你，你實在太過分了，你知道她哭得有多慘嗎？」

「早點放棄不就可以了嗎？一次兩次，我給她留顏面，在我已經有……對象之後，她還這樣，是不是有點過？難道她想破壞別人的感情？還是說她想當小三？無論是哪一點，心腸都壞透了。」

「周末，我從來都不知道你是這樣的人，居然這麼詆毀一個女生，你知道小三這個詞有多傷人嗎？你這樣的人，以後到了社會裡會被人討厭的，你早晚吃虧。而且，現在有人這麼喜歡你，是你的榮幸，你應該感到高興。」

「被不喜歡的人喜歡，我只覺得很煩。因為她很喜歡我，我就必須得喜歡她嗎？」周末的語氣已經有點不悅了。

「你會後悔的，你最好跟柳夏道歉，不然我們學生會的人都會排擠你，讓你在學生會待不下去。」那邊的女生，還在義正詞嚴地宣佈著，話語裡全是氣憤，就好像在訓話的班導。

「她上臺前就要做好這個心理準備。我不會道歉，因為我覺得我沒有做錯，如果你們容不下我，好，那就試試看，看看是誰混不下去。」

「周末，你這是在威脅我們嗎？」

「沒有，我懼怕你們，因為你們的腦子不正常，恐怕是沒救了，所以我不願意跟妳多聊。我這裡有高主任的電話號碼，等一會我傳給妳，給妳十分鐘的時間，跟高主任訴說清楚，十分鐘後，我會打電話給他，問問看，他準備如何處理我。」

「你別拿高主任威脅我們！」

「一直忘記問，妳一直說我們，那個『們』都有誰，方便告訴我嗎？」

電話那端沉默了。

杜敬之坐在床上聽著周末聊電話，忍不住笑，猜測著可能是柳夏跟自己的朋友哭訴，她的朋友看不過去，過來找周末了。

這些人看周末平時脾氣好，還覺得周末很好欺負呢，沒想到，周末也是個硬骨頭。

怎麼好意思找周末呢？

如果柳夏不死纏爛打，周末也不會一次比一次拒絕得絕情。

如果不是柳夏自己跑到舞臺上，主動唱歌給周末聽，周末也不會被學生起哄上臺，做出那樣的決定來。

只要柳夏不招惹他，他也不會對柳夏怎麼樣，可是給柳夏留了尊嚴，她自己不要，別人能有什麼辦法呢？

杜敬之現在還記得，周末跟他坦白柳夏追求他的時候，模樣還挺猶豫的，並且叮囑杜敬之要保密，畢竟對女生影響不好。

鬧成這樣，是柳夏的錯，還是周末的錯？

現在打電話的女生大概是學生會的成員，替柳夏打抱不平。但是這群人這樣威脅，實際上能做出什麼來呢？

就像女生小團體那樣排擠周末？還是說能拉幫結夥一群人，來群毆周末？

這些人，能為了柳夏，做出多大的犧牲呢？

周末拿著手機，又冷笑了一聲：「她哭有什麼用呢，我又不會心疼她，不直接拒絕她，讓她繼續糾纏我嗎？我又不是種馬。我不會道歉的，如果真要我道歉，也行，告訴她，抱歉，我永遠都不會接受她，也不會喜歡她，更不會後悔。好了，掛了吧，浪費時間。」

掛斷電話之後，杜敬之突然鼓起掌來：「圓規哥哥好帥啊，乾淨俐落，原來你是這麼犀利的圓規哥哥。」

周末把手機往床上一扔，氣得腦袋疼，問杜敬之：「我做錯了嗎？」

「這種事情，說不上對與錯，在她那邊看來，你不喜歡她就是你的錯。」

「真挺憋屈的。」周末說不在意是假的，他盡可能低調地做人，可是這些人總是逼著他高調地秀恩愛，他能有什麼辦法？

杜敬之張開手臂，對周末說：「來，到杜哥懷裡來，這裡是你單薄的港灣。」

周末看到他，就覺得心情好多了。

兩個人擁抱著躺在床上，結果沒一會，就變成了周末大熊一樣地抱著他，他把臉埋在周末的懷裡，一陣安心。

「這算不算因為我，讓你眾叛親離了？」杜敬之問。

「有小鏡子就夠了。」周末微笑著說。

兩個人還沒抱夠，屋子裡又亮起來，又有人來了電話，杜敬之有點煩，準備接聽之後罵人，實在不行放學堵人去。

周末拿來手機看了一眼：「消消氣，是程樞，自己人。」

周末直接按了擴音，麥克風裡傳來程樞的聲音：「哈哈哈，我都服了，聽說有人打電話給你了？你猜他們都幹了什麼事？」

周末輕笑了一聲，調整了一個姿勢，繼續抱著杜敬之，把下巴搭在杜敬之的頭頂，模樣帶著一絲慵懶，同時問：「他們幹了什麼？我還真有那麼點好奇。」

「王悅建了一個群組，單獨沒加你，在群裡吐嘈你，說你過分。然後群裡的人都是學生會的人，還有幾個是柳夏的同班女生，都是話趕話地說，覺得你這件事處理得確實有點過了。然後他們就覺得，所有人都這麼覺得，王悅作為代表就給你打電話了。」

「幼稚。」

「可不就是，剛才王悅掛了電話，就開始在群裡更瘋狂地罵你了，說你人品有問題，做錯事也不肯道歉，還詆毀一個女生是小三，還威脅她。群裡有個人驚訝地問：『周末居然這麼過分？』，他們就鬧開了，說要集體抵制你，讓你在學生會待不下去。」

周末依舊在笑，根本沒有生氣似的：「真是給他們分配的任務少了，居然這麼閒。」

「我也覺得，還說要把事情鬧大，讓全校都知道你是個什麼樣的人，讓你在三中名聲臭掉！然後我就在群裡說：『真鬧大了，更丟人的是柳夏吧？而且你們以什麼理由鬧呢，難道是周末居然拒絕了柳夏好壞壞哦？』然後群裡就靜了好半天，過了好幾分鐘後，才有人說怎麼把我也拉進去了。」

學校裡知道周末的，都知道周末跟程樞關係好，結果這群人建小群罵周末，居然把程樞也拉了進去，真不知道是不是沒智商。

「估計他們覺得自己有理。」

「後來我一問，群裡好幾個人都是被莫名其妙地拉進去的，然後順便看看八卦，偶爾回兩句。還有人特意單獨私聊我，讓我跟你解釋一下，他們不覺得你做錯了。」

「這樣啊，你告訴我，是誰比較積極就行，以後我特殊關照一下她們。」

「好的，我翻翻記錄，上學以後告訴你。」

掛斷電話，杜敬之忍不住感歎起來：「其實這些人的威脅，都沒有我一句『放學以後別走』有殺傷力，讓人心跳加速。」

「我覺得心跳加速是因為你這麼好看的人，居然跟他們說話了。」

周末把手機往旁邊一放，剛想去親杜敬之，周媽媽就來敲門了：「末末，吃飯了。」

「哦。」周末立即起身，整理了一下衣服，然後對門口說了一句，「媽，小鏡子也在這吃。」

「行，做得夠的。」周媽媽回答了一句，直接走了，並沒有進門。

杜敬之從床上爬起來，周末已經走到了他身前，幫他整理頭髮跟衣服。

兩個人下了樓，周媽媽在廚房裡撈餃子，周爸爸則是在一趟一趟地端東西出來。

周家的家庭氛圍很和諧，家裡的家務男女分攤，不會吵架，也不會一邊獨大。周家父母很尊重周末自己的意願，做什麼決定，都會先問周末，原本想給周末請晚間的家教，周末拒絕後，周家父母就沒再提。

還有就是，他們去周末的房間都會敲門，平時也不幫周末收拾房間，都是他自己來。

這也是杜敬之最羨慕的地方。

「這是跨年夜的餃子。」周爸爸看到兩個人走下來，立即跟兩個人介紹。

周媽媽也走過來，指著盤子說：「這個帶花邊的餃子是酸菜餡的，這個正常的是韭菜雞蛋蝦仁，這個四角的是豬肉芹菜。」

杜敬之很規矩地坐在他常坐的位置上，誇了一句：「阿姨做的餃子都這麼好看。」

這感覺跟以前就不同了。

以前就是鄰居家小孩過來蹭飯，沒什麼規矩，大大咧咧的。現在真有種拐走了人家寶貝兒子的心虛感，以至於杜敬之比以往規矩多了。

「你周叔叔包的是四個角的，說那個好包。」周媽媽笑著回答。

周末入座之後，拿起筷子，挨個夾餃子，夾一下卻不夾起來，而是去夾下一個。

「不吃別禍害！吃哪個夾哪個！」周媽媽看到了，立即批評了一句。

周末只是微笑，卻沒理，又快速夾了幾個，終於選定了一個，放進了杜敬之的小碗裡。周媽媽似乎懂了周末的意思，當即笑了，沒再說什麼。

杜敬之低頭把這個餃子吃了，果不其然，吃到一半就咬到一個硬幣。

他把硬幣放在了桌邊，周末立即說了一句：「新的一年好兆頭。」

他知道，周末是故意夾了一個這樣的餃子給他，他也沒點破，跟著笑：「明天買彩券去，運氣好。」

周末跟著隨便夾了一個餃子，直接吃起來，吃到一半動作一頓，然後吐出一個硬幣來。

「得，一共就放兩個，都讓你們倆吃了。」周爸爸說了一句。

「每年都放，真是……」周末吃完了，還嘟囔了一句，「都說過錢是最髒的。」

「媽媽還會不知道啊，都是特意消毒了的，洗了好久！就是為了個好兆頭！你既然嫌棄，給小鏡子夾什麼啊，那麼髒。」周媽媽直接質問出來。

周末被周媽媽說得有點無言所對了，於是歎了一口氣，繼續吃飯了。

周媽媽平時都很開明，育兒理念也與時俱進，但是有些思想還是很頑固的，比如過年在餃子裡放硬幣。

周末抗議無效之後，就直接放棄了，說起了其他的事情：「我明天跟小鏡子去新房那邊，假期結束了回來。」

「去吧，正好元旦，新房得有人住。」周媽媽立即同意了。

吃完飯，周末幫忙洗碗，杜敬之也跟著端東西，到了廚房裡問周末：「你生氣了嗎？」

「呃……關於柳夏的事？」

「是啊，有點煩人了。」

「其實最開始沒覺得有什麼，現在卻有點煩了。」

杜敬之說著冷笑了一聲：「你這還不算什麼，我聽說，杜衛家年輕的時候是真帥，以前學校裡有過女生給他寫血書表白呢！」

「嗯，看你就知道，遺傳基因挺好的。」

「不過我沒人追啊。」

周末往屋子裡看了一眼，確定父母都不在附近，才說：「嗯，追你的兩個，都是男的。」

「除了岑威還有誰？」

周末看了杜敬之一眼，然後就不高興了。

杜敬之立即明白過來，趕緊討好地笑：「錯了錯了，我一直覺得是我在追你。」

「你那叫追？你那叫撩完就跑，然後我滿世界找你！」

「嘿嘿嘿。」杜敬之有點不好意思地笑了，抬手用食指擦了擦鼻尖。

收拾完，兩個人上樓，周末也開始收拾明天要用的東西。

杜敬之拿著周末放在行李箱裡的電動刮鬍刀問：「這玩意好用嗎？」

「還可以，怎麼了？你用的是什麼樣的？」

「手動的。」

「那你試試我這個？用著順手，我讓家裡再買一個給你。」

杜敬之立即把電動刮鬍刀放在了包裡，拒絕了：「不用，我鬍子不多，他們都說，毛髮是越刮越多，我怎麼就一直不太多呢？」

「你體毛都不怎麼旺盛，體質問題吧？」

「我想留絡腮鬍。」杜敬之有點幽怨地說起了自己的理想。

「你……絡腮鬍？不好看吧？」

「好看！」杜敬之反駁了一句，在床上坐直了問，「你不覺得，歐美那些帥哥，留個鬍子很有男子氣概嗎？」

「就像你小時候鬧著要在臉上割個傷疤似的？現在想留鬍子？估計看著更像女扮男裝了……」

最怕空氣突然安靜。

杜敬之盯著周末看，有點沉默。

周末尷尬地清咳了一聲，歎了一口氣，伸出胳膊來，問：「咬這？」

杜敬之還在看著周末，調整了一個姿勢，帶著點威脅地問：「我姥姥跟你說的？她還說什麼了？」

「也沒什麼了。」

「哦……」杜敬之點了點頭，然後活動了一下手腕，朝周末走了過去。

周末還是瑟縮了一下，伸手去推杜敬之的肩膀：「大俠先冷靜一下，讓我四肢健全地收拾完東西，之後隨便你怎麼收拾。」

杜敬之沒理，直接走過來，攬著周末的脖子，把他放倒，然後開始抓周末的癢。

周末終極弱點就是怕癢，隨便碰他幾下，他都會躲閃得厲害，所以現在杜敬之準備這麼報復周末。

結果抓了幾下，周末居然反壓過來，騎坐在杜敬之身上：「好了，好了，小鏡子別鬧了，其實我之前不是怕癢，是怕你碰我，因為你碰我，我會有起反應。」

「我操……你真是發情期！」

周末笑了笑，低下頭，在他的額頭親了一下。

他剛才拽倒周末的時候，沒選擇好地方，兩個人此時是躺在床跟衣櫃之間的小道上，他又被壓在下面，避無可避，原本是要收拾周末的，卻被周末這麼壓著，親了好一通。

周末的吻密集得如同雨滴，不肯錯過他的每一個細節，將臉埋在他的頸間，輕輕親吻他的鎖骨好半天。

他被吻得有些癢，卻還是不要命地問：「說，你是不是垂涎杜哥的鎖骨很久了？色腿。」

「色腿？嗯……這個暱稱挺不錯。」周末說著，終於肯抬起頭來，去親吻他的耳廓，然後用極具魅惑的聲音，一字一頓地說，「我、喜、歡。」

他一瞬間就硬了。

什麼叫打臉？

這就叫打臉。

之前還數落別人色呢，還說人家發情期呢，現在自己就沒出息地有了反應。

現在該怎麼處理？

就當什麼都沒發生過？還是說，跟周末說，這只是少年的朝氣蓬勃？杜敬之想在沒被發現之前矇混過去，表示咱們倆別鬧了，繼續收拾東西，這樣才能可持續性發展，世界和平。

正猶豫著，周末的手，已經滑進了他的衣服裡，在他身上摸索。

周末掌心的溫度，就和他這個人一樣，暖暖的，在這樣寒冷的天氣，就算躺在地板上，都會給身上帶來一陣暖流，讓他感受到被環繞著的溫暖。

周末用手去描繪他的身體，只覺得他太瘦了點，可是這皮膚太過嫩滑，讓周末愛不釋手。然後扯起衣服，吻落在手滑過的地方，以及很久之前就惦記的粉紅。

吻落下，密布在他之前探索過的所有地方，如雪的皮膚，好像輕輕一啄，就會留下一串吻痕。

接著，周末的手往下滑，穿過腰間，觸碰到了他的「朝氣蓬勃」。

嗯，這個時候，已經不需要偽裝了，小傢伙這麼「精神」，肯定不會是因為想跟周末表示友好，而是帶著罪惡的想法，或者是人類的最根本的本源，欲之所在。

原本怕生的小傢伙，在周末的手裡似乎熱情好客起來，微微顫抖著，綻放著脈絡，賣力地展示著自己。

脹到有點疼，第一次這麼激動，好在周末很有耐心，一下一下地安撫。

被柔軟的手捧著，它還挺開心的，跟著變得活潑好動。

他沒出息地想把臉埋進周末的懷裡，明明很想拒絕，卻覺得特別舒服，下意識地蹙著眉，伸出雙手推著周末的身體。

周末親吻著他的眉心，然後去吻他的嘴，兩個人柔軟的舌糾纏在一起，難捨難分。

身體軟綿綿的，周圍都軟綿綿的，似乎被柔軟的紗包裹在其中，身體輕飄飄的。

不想拒絕。

還挺喜歡的。

就這樣墜落下去吧，其他什麼都不管，只有對方，嗯，這就很好了。

終於釋放，他的身體在那一瞬間僵直，沒忍住輕哼了一聲，剛哼完就忍不住抽自己一個巴掌，丟不丟人!?羞恥不羞恥!?

他微微蹙眉，嘴唇緊抿，隱忍著。

回過神，就看到了周末抽出來的手，愣了會神，忍不住感歎：「我第一次在別人的手裡看到我流動著的子孫。」

周末一邊用紙巾擦手一邊笑，笑容之中，竟然還透著一股子狡黠：「原來小鏡子那個時候是這樣的表情。」

聽到這一句話後，他的腦袋都要炸了！

「你……你找死。」他嘟囔了一句。

周末依舊在微笑，輕聲安慰：「沒事，特別迷人，我很喜歡。」說著，走到了他身邊，將他橫著抱起來，放在了床上。

接著，拿來紙巾來幫他擦，同時還在感歎：「還真是棕色的。」

接二連三地這麼刺激他，明顯就是故意的。

現在的周末簡直就是釋放了自我，一點不掩飾自己那種泰迪一樣的色胚屬性，也開始對他調戲了。要知道，之前的周末都特別體貼，看到杜敬之有點尷尬，就立即緩和氣氛，主動幫忙化解。

他突兀地發覺，這個溫柔的男生骨子裡，有點壞。

他覺得簡直丟臉死了，也不在意周末幫他擦了，只顧著捂著臉，嘴唇微微發顫，心裡籌畫著，一定要秘密滅口了這傢伙，被這傢伙看到了太多不該看的了。

然後抬腳就朝周末踢過去，一下子就被周末握住了腳腕。

「你張這麼開，看得更清楚。」周末說道。

「操！」杜敬之一下子蹦起來，快速拉起褲子，直接朝周末撲了過去。

撕扯了幾下，就被周末抱在了懷裡，拍了拍他的後背：「乖，你打不過我的，我也不想跟你動手。別鬧，我去洗洗手，然後你也去洗一下，我們繼續收拾東西。」

杜敬之從來沒這麼無措過。

他雖然總跟周末動手，但是一般都不打算真的用力，或者把周末打得怎麼樣，現在周末越來越不要臉了，已經開始不讓著他了，把他當「女朋友」哄。

他是杜敬之啊！三中扛霸子！讓人聞風喪膽的杜哥！好學生們的噩夢！

結果呢，在學校那個「乖乖牌」的身下哼哼唧唧的，還被取笑射的時候的表情！

杜敬之決定給周末一個教訓，於是發狠地說道：「你給我等著。」

「嗯，等你一輩子。」周末欣然接受。

「……」

「如果我能控制的話，下輩子也等你。」

「……」杜敬之沉默了一會，歎了一口氣，洩氣了，「繼續收拾東西吧。」

他杜敬之，這輩子除了周末，就沒這麼慣過誰！

哦，還有他母親這邊的親屬……杜敬之垂頭喪氣地被周末拽過去，又被親了一下。

兩個人都洗漱完畢，杜敬之坐在電腦螢幕前，去看微博的評論。

上一份錄他畫畫的影片轉發並不算太高，不過數量已經大致穩定了，三四百的轉發量，五六百條的評論。

他隨便看了幾條。

君莫笑：已閱。

Mandy：神仙在畫畫！

周澤楷女朋友：認真看了，絕對不是擺拍，能夠看出姿勢是專業的，而且是真的有功底，畫得還挺好的。

小小橋流流水：抱緊敬兒大粗腿。

暮色癱軟：敬兒認真的樣子好帥，而且唱歌好好聽。

一大堆金子：原來名字的由來是這個，居然是郭靖&林平之，簡直是神奇的組合！

大大大大大蒙子：本來覺得杜敬之這個名字很文藝啊，結果，哈哈哈哈哈！

他看了一會，再去看最新的那條小漫畫，也是不溫不火的狀態，大多是在誇好萌，好甜啊，求連載之類的。

他看了一會，就不看了。

周末一直坐在一邊複習，從坐下之後，就進入了一種心無旁騖的狀態，兩個小時的時間，一句話都沒跟杜敬之說過。

杜敬之在網上看了一會教畫畫的影片，覺得沒意思了，看了一眼時間，說道：「我要回去睡覺了。」

周末的筆沒停，還在計算著什麼，只是伸出左手來拽了他一把，把他拽到自己的懷裡坐下來，把下巴搭在他肩膀上，看著書桌上的練習冊，繼續算題。

他有點不知道該不該打擾周末了，正猶豫著要不要再開口，就聽到周末說：「這道題你試著做一下，挺有意思的。」

一道題……怎麼會挺有意思？

杜敬之努力靜下心來，研究這道「挺有意思」的題，寫了幾個步驟之後，周末就開始給他講解解題思路了，然後問他：「有沒有覺得豁然開朗？」

「我可能……是個白癡。」

「再試試，我也解了半天。」

杜敬之又耐著性子，做了一會，終於把題做了出來。

周末取出手機看了一眼時間，然後說道：「新年快樂啊，小鏡子。」

「哦，你是等著這個呢？」

周末點了點頭，然後打開抽屜，拿出了一個盒子來，放在了桌面上：「喏，新年禮物。」

杜敬之還挺驚喜的，然後有點慌地表示：「我忘記了……其實我是沒有這個概念，以後補你個禮物。」

「無所謂，小鏡子願意賜予我你的子孫在我手上流淌，我也挺高興了，畢竟那是個上億的禮物。」

「你這個人，幫我打了個飛機還挺高興的。」杜敬之說著，已經開始動手拆禮物了，打開之後，看到了一個手繪板的盒子。

「這個是連上電腦畫畫的東西？後面這個金色還挺帥啊，不過我不會用，那個畫畫的軟體都不會用。」

「學一學就會了，你有底子，還聰明，肯定能學會。我打字那麼慢，也學會PS了，快速鍵都背下來了。」

杜敬之已經能夠想到這個學霸用龜速打字，然後就跟背課文一樣地背快速鍵的場面，想想就忍不住樂了。

他拿著手繪板裡面的說明書看了一會，直接拿到電腦前，躍躍欲試，結果發現用光碟安裝就得挺長時間。他有點睏了，不由得放棄了，打算以後再研究。

「你以後就可以用這個東西接更多的畫稿了，也方便一點。等你成大神了，圓規哥哥再給你買個更好的板子。」

杜敬之擺弄著手繪板，還覺得挺高興的，笑迷迷地同意了：「等哥賺錢了，就給你訂做一堆合適的褲子。」

「小鏡子留在我這裡睡吧，別回去了。」周末拍了拍自己的床。

「我這就是拿人手短，吃人嘴短！睡就睡，晚上用不用我幫你做一個上億的案子？」

「這個……隨意吧，我怕累到你。」

「這有什麼的，男生不都有這方面經驗？」

周末點了點頭，隨後問：「小鏡子的頻率是怎麼樣的？」

「早上偶爾，看來不來得及，晚上嘛，看心情，你呢？」

「頻率不高，集中在被你招惹之後。」

杜敬之對周末比畫了一個開槍的動作，然後吹了吹自己的指尖，表示：「以後我們都是神槍手。」

「我不想是。」周末的笑容依舊是柔柔的，但是，這溫柔的笑容，讓杜敬之菊花一緊。

杜敬之有點感歎，周末的睡眠品質真好，碰到枕頭的一瞬間就睡著了，呼吸均勻，不打鼾，只是手喜歡抱著他。

他睜著眼睛，看著周末，夜色裡只能看到周末的輪廓，不愧是他喜歡的人，睡覺的時候都這麼好看。

似乎跟著周末一起，他總能睡得很好，這一夜也睡得特別安穩。

早上醒過來，他就聽到了周末來回走動的聲音，之前周媽媽似乎還敲了門，跟周末有過短暫的交流。

他睜開眼睛，就看到周末只穿著一條紅豔豔的平角內褲，站在櫃子前翻找衣服。這一瞬間，他的心情是複雜的，他從來沒有過這樣的體驗，就是這麼直接地去看周末的身體。

身材……好，滿分。

內褲……性感?

「原來……你是這種品味……」杜敬之看著周末挺翹的屁股，忍不住感歎了一句。

周末聽到他的聲音，先是微笑，隨後指了指床頭：「早上我媽特意敲門送來的，紅色內褲，我們倆一人一條，她還特意給洗過才送來的。元旦嘛，穿著喜慶。」

他伸手拿來內褲看了一眼，跟周末那條是一樣的，紅豔豔的，最讓他難以理解的是，這內褲的右上角寫了一個「囍」字，這是結婚的時候穿的紅內褲吧？

「不是……這內褲寫個恭喜發財，我都不說什麼，寫個囍字，是不是有點怪？」他拎著內褲問。

「我媽就是覺得，過年的時候，穿個紅色的內衣喜慶，應景，估計也沒多挑，看到是紅色男款的就拿了。」

他看了一會，突然邪惡地笑了，問：「這算不算情侶內衣？是不是就是傳說中的悶騷？」

「你覺得是就是吧。」

他立即在被子裡扭了起來，就像一條巨大的蠕動著的蟲子，沒一會就把內褲換上了，然後蹦到了周末旁邊：「看，情侶款。」

周末正取出衣服要穿，看到他穿著一條紅色內褲就跑到了自己身邊，不由得一愣，隨後托著下巴看著他，歎了一口氣：「真是餵不肥，不過你這麼白，穿紅色倒是滿好看的。」

「你的腿能比我長多少？」他走到了周末身邊跟他比量腿，看到兩個人胯部的高度差距時，他突然覺得自己有點自取其辱的感覺，然後快速閃開了。

「小鏡子這樣挺好，其實腿也挺長，算是勻稱的身材比例。我就有點……買衣服都不能買標準碼，買大一點就太長，買小一點的就像在賣肉。」周末說著，已經開始穿毛衣了，杜敬之順勢過去，在周末的腿上摸了一把。

摸完覺得不過癮，就又摸了一把，後來乾脆坐在床上抱住了：「這腿真不錯，還有這忽閃忽閃的腿毛，特別迷人。」

周末被他弄得一陣無語，從衣櫃裡拿出一條秋褲，準備套上，就感覺到杜敬之在他的屁股上拍了一把。

周末立即回過身，把這個不安分的傢伙按在床上，在他的鎖骨上啃了幾下，這才甘休，繼續穿自己的褲子。

他仰面躺在床上，還在用腳一個勁地騷擾周末。見周末快穿完了，這才趕緊跳了起來，去套自己的衣服褲子，動作乾淨俐落，一看就是經常晚起，著急趕上學生時練就的。

穿好了衣服，在穿襪子的時候，周末到了他身前，把他的秋褲褲腿規規矩矩地塞進了襪子裡，整理好了後，把牛仔褲遞給了他。

兩個人都洗漱完畢，到廚房的時候，發現周媽媽已經給他們留了早餐，不過這兩個人已經不在家了。

「阿姨跟叔叔還挺忙的。」杜敬之坐下，吃著油條，喝了一口豆漿說道。

「嗯啊，確實，應酬很多。」周末漫不經心地回答，對這種情況已經習以為常，自然地坐在了杜敬之身邊，隨意地看著貼在桌面上的便箋。

「有事囑咐你做？」杜敬之問。

「哦，告訴我給我留錢了，在儲蓄罐下面壓著呢，然後到那邊之後，把一些生活用品自己買了，附近有超市。」周末回答完，把便箋撕掉，揉成一團扔進了垃圾箱裡。

「我媽這次走給我留了七千五百元呢，加上上次學校給的四千元，還有一千五百元定金剩下的，我覺得我現在也挺有錢了。」

「你以後會更有錢，因為你是潛力股。」

「借您吉言了！」

周末去儲蓄罐下面拿錢時，「小有錢人」屁顛屁顛地跟著去看，看到周末一數，發現周家父母給周末留了一萬五千元，目的是讓周末買點日用品，以及這幾天用。

他一瞬間察覺到了差距，明明住得這麼近，貧富差距卻十分明顯，在一般還在一個月的花銷普遍三四千的環境下，周末明顯要富裕太多。

不過，他沒表現出來，還是說著：「我今天請你吃小龍蝦吧，自己做！」

周末最喜歡吃這個。

聽到他這麼一說，周末趕緊去了周爸爸的書房：「那我拿上錄影機。」

杜家跟周家的格局基本一致，不過杜家裝修幾乎等同於沒有，就是刷個油漆、鋪個地板、釘個櫥櫃，家裡最大的裝飾品可以說是窗簾。

周家卻是精緻裝修過的，屬於歐洲風，搭配很是考究，到處都是實木傢俱。

周爸爸的書房在杜家是杜奶奶的房間。

說起來也是有意思，當年杜家的房子是杜姥姥補貼了不少錢買下來的，買完房子，杜家是勉強過日子。

周家是看中了附近的學區，特意買這裡的房子，而且在買房子的時候，周家還是起步階段。現在，杜家在鬧離婚，家裡沒有存款，周家卻已經越來越富裕了。

兩個人回到房間，看著整理的東西半天，想了想，決定不再加東西了，反正就幾天的時間。

兩個人，一人背著一個包，周末手裡還拎著錄影機等設備，到了樓下就看到周末掏出了一把車鑰匙。

「你……要開車？」杜敬之問他。

「方便點嘛，而且離得近，大過年的，應該沒有多少員警，走吧。」說完，帶著杜敬之朝車庫走。

周末家裡有兩輛車，此時停在車庫裡的是比較舊的那輛奥迪A４，屬於經典車型，周家父母開走的是最近才買的大空間ＳＵＶ。

「你這大長腿，開車吃力嗎？」杜敬之繫上安全帶，問周末，同時朝周末的腿看過去。

「還行吧，畢竟我也才一百八十多公分，更高的人就不開車了嗎？」

「開車好學嗎？我也想考駕照。」

「我覺得還可以，不過你還得再等一陣子，不著急。」

杜敬之沉默了一會，才歎了一口氣：「我就算學了，也不一定什麼時候能開上我自己的車。」

周末抬起手，在杜敬之的額頭彈了一下：「你別想那些沒用的東西，你跟杜衛家不一樣，他好吃懶做，你願意為自己的理想而奮鬥。你自己數數看，你最近已經得到多少錢了，在高中就能撈一桶金，以後得厲害成什麼樣？」

他看了周末一眼，抿著嘴唇微笑，不由得輕鬆了一些，算是被周末安慰了。

周末去過新房子幾次，熟悉道路。路上兩個人商量決定先去超市買點東西，之後再去別墅。

到了超市，周末看到門口的牌子，突然腳步一頓，問杜敬之：「我們去看電影吧？」

「也行啊。」兩個人走進超市，進入電梯，直奔五樓。

進入大廳，杜敬之還在觀察門口的海報，想看看都有什麼電影，周末就走到了一個娃娃機面前，投了硬幣，開始操作桿子。

杜敬之走過來的時候，剛好看到爪子抓起了一隻小兔子，還忍不住數落周末：「你幼稚不幼稚？」

結果話音一落，夾子到頂端居然一抖，然後兔子就掉了下來。

兩個人同時沉默下來，杜敬之直接罵了一句：「我操!?」然後擼起袖子就朝娃娃機走了過去。

周末趕緊攔在杜敬之身前，生怕他把娃娃機給砸了：「杜哥，杜哥，消消氣。」

「這玩意真是不瞭解杜哥脾氣！」杜敬之推開周末，在自己的口袋裡翻找出硬幣來，投了進去，開始跟這個娃娃機較起勁來。

明明之前還說周末幼稚，結果光到附近店鋪換零錢，再抓娃娃，兩個人就消耗了半個多小時的時間，花了三百多塊錢，最後抓了四個娃娃。

「這波不虧。」杜敬之開開心心地把娃娃掛在了周末的腰帶上，然後在周末的胸口拍了拍，說道，「杜哥送你的元旦禮物。」

「嗯。」周末看著掛在自己腰間的四個娃娃，也不覺得可笑，反而挺高興的。

兩個人結伴到了電影院門口，看了半天，也沒選定看什麼，於是周末去櫃台試探性地問：「下映了一陣子的電影，還能看嗎？」

「我們這裡有私人影院，可以自行選擇電影，不過需要辦理會員卡。」

「嗯，好，可以跟我說說具體的流程嗎？」周末站在前臺，開始配合服務生填寫表格，辦理會員卡。

杜敬之則是跑到一邊去買了爆米花跟飲料，一杯雪碧，一杯可口可樂。

因為有會員卡，還是ＶＩＰ廳，兩個人可以隨時進入。

進去之後，杜敬之的腳步一頓。

這私人影院，看起來怎麼有點……跟情趣飯店的房間似的呢？

影院是一個臥室的大小，一側牆壁是大螢幕，周圍環繞著藍色的條紋燈光，算是牆壁裝飾。正對面則是兩個按摩椅，中間放著一個小桌子。讓杜敬之覺得曖昧的是，兩個椅子後面放著一個半圓形的沙發床，上面還放著抱枕等東西，還有一條空調被。

再看看四周，他確定沒有攝影機，還挺貼心的。

「這是情侶來的地方吧……」杜敬之忍不住感歎。

「我們不能來嗎？」周末反問。

「啊，我忘了。」杜敬之這才反應過來。

周末看了杜敬之一眼，恨不得用腰間的兔子娃娃抽他。

044

杜敬之坐在靠裡面的按摩沙發上，把爆米花跟飲料放在了小桌子上，低下頭研究按摩椅的按鈕。

這個時候有服務生走進來，跟周末介紹了一下，打開了設備，並且贈送了一個果盤。

兩個人看的是已經下映半年的《變形金剛2》，當初杜敬之想要去看，卻因為種種事情耽擱了，沒看成，現在正好可以補上。

杜敬之就喜歡看這種電影，還有就是《復仇者聯盟》、《玩命關頭》。他總覺得那些愛情電影節奏太慢，絮絮叨叨的，沒耐性看。外加他一向對女生的反應不太大，裡面有啪啪戲，他都沒有多大反應。

至於同性電影，因為曾經在心理抵觸，或者說是不想承認，一直十分避諱，沒有看過。之後，他說不定會去開發了一下這塊新大陸。

杜敬之已經打開了沙發的按摩功能，在調節力度，剛靠上就「嘻嘻哈哈」地躲開了，然後再往後靠，一臉燦爛的笑。笑聲因為他的身體在顫，發出來之後幾乎是帶著波浪的。

「這玩意……欸我去，太癢了。」杜敬之已經調整好了姿勢，因為身體瘦，靠在沙發上，振動時身體也跟著一顫一顫的，看上去特別逗。

周末一臉寵溺地看著他，竟然覺得杜敬之這麼傻的模樣也特別可愛，錯過了電影的開頭。

他一邊靠著按摩椅，一邊伸手去拿爆米花，因為手臂會跟著有些許抖動，還碰掉了幾粒。

塞了一粒爆米花放進嘴裡，他忍不住感歎：「這跟在家看電視有什麼區別？這些小情侶真能享受，為了情調多花這麼多錢，我就不在乎這些。」

說是這樣說，其實笑得特別開心。

杜敬之這個人性格彆扭，明明喜歡卻不肯承認，明明想跟周末親近，卻一副欲拒還迎的模樣，明明聽周末說哄他的話，心裡美滋滋的，還要很凶似的罵人。

現在就是，明明很開心，卻說自己根本不在意這些，一切都是浮雲。

「我想跟你有這些體驗，所以你就當配合我了。」周末微笑著說，也不戳穿他。

「行，杜哥就是這麼好說話！」他依舊在笑，開心地吃著爆米花，眼眸一直彎彎的，好似上弦月。

變形金剛裡，他最喜歡大黃蜂，覺得這傢伙特別萌，有時候陷入少年的幻想裡，也想碰到一架大黃蜂。

看完之後，他捧著可樂，吸完了最後幾口。

「還看嗎？」周末問。

「呃……不是看完一場就走？」

「這裡是按小時收費，就像是KTV一樣，可以通宵。」

「哇哦……」杜敬之震驚了一下，不過有點心疼錢，「算了算了，看一場得了，還得去買東西呢。」

「也行，明後天你如果還想看，我們再過來，對了，還有過年的時候。」

「嗯。」他答應了一聲，關了按摩椅，出了ＶＩＰ廳。

出來的時候有人側目看向他們兩個，眼神裡有著一絲審視。

這個大廳裡的大多是情侶來，他們兩個人從裡面出來，顯得有些曖昧。不過兩個人都沒在意，能夠下決心在一起，就早就做好了心理準備。

杜敬之扭著肩膀，突然感歎起來：「按了這麼長時間，反而更腰酸背痛了。」

「你不該開那麼久的。」

「我也是開一會關一會，其實習慣了的話，那玩意真挺舒服的。」

「那我以後送你一個。」

「可別，沒地方放。」

下手扶梯的時候，杜敬之跟周末感歎：「我也想養一隻大黃蜂……」說的時候一臉的嚮往。

周末看了杜敬之一眼，思考了一下，拉住了杜敬之的手，帶著他到了三樓男裝區。兩個人並肩在商場裡逛了一圈，最後走進了一家店裡，周末拿起了一件橙黃色帽T，在自己身前比畫，問杜敬之：「夠不夠黃？」

他看了之後差點沒忍住笑，還是故作深沉地抬起手，對著周末比畫了一個大拇指：「黃，good！」

周末看著他，笑得特別暖，然後請店員拿一件他能穿的尺碼。

等周末試完衣服，站在杜敬之的面前，注意到試衣間門口沒有其他人，於是問：「要不要抱抱你家的大黃？」

「不要。」杜敬之說完，走到店裡跟店員說，「跟他那個同款的衣服，拿一個我的尺寸，小一碼就行了吧？」

店員看了看杜敬之，於是回答：「估計得小兩號，我兩件都拿來，你試試看吧。」

杜敬之比周末矮一些，而且瘦，不像周末那麼結實，但是這種寬鬆的帽T不至於差兩號吧？

結果拿來衣服一穿，他還是買了小兩號的，因為小一號的那件穿上之後特別寬鬆，寬鬆到顯得他特別嬌小，就像穿了男朋友衣服的……女孩子，所以秒速做了決定。

試好了衣服，杜敬之站在鏡子前，看著他們兩個人穿著同款的衣服，突然覺得一陣滿足。男生買情侶裝就是方便，買兩件一樣的就算是了。

他走到周末身邊，小聲說：「老公給你買。」然後就去櫃台結帳了。

周末也沒推辭，直接答應了，並且表示穿著離開，讓店員幫忙剪了商標。

他們兩個人相處的模式，就是周末請吃一頓飯，杜敬之就會回請一次。周末提議看電影，負責買電影票，杜敬之就負責買爆米花。

周末送了他手繪板，杜敬之一定要買點什麼送周末。

在周末看來，衣服在杜敬之的承受範圍內，就沒有矯情，直接要了。

兩個人穿著同樣的衣服，拿著外套，換下來的衣服放進了一個袋子裡，由周末拎著。一起走出店裡的時候，服務生都忍不住多看了兩個人幾眼，開始小聲議論。

「這兩個學生長得真好看，是藝校的吧？」

「氣質都特別好，估計是，而且家庭條件肯定不錯。」
「看著完全就不是一個類型的兩個人，這麼湊一塊，居然還挺和諧的。」
「可能是因為都長得好看吧？」
走遠了的兩個人，根本沒有聽到他們說的話。
兩個人走到商場一面落地鏡的前面站好，又照了一會鏡子，杜敬之從口袋裡取出手機來，對著鏡子說：「咱倆合張影。」
周末自然是同意的，站在旁邊配合。
照了幾張之後，杜敬之看著自己的手機螢幕，隨後表示：「你往後退。」
周末聽話地退了一步。
「不夠，繼續退。」
周末又退後了一些，杜敬之這才照了幾張相片，走過去跟周末顯擺：「這麼看，我們倆就一般高了。」
周末點了點頭，也不爭這個，只是開始跟杜敬之念叨，一會要買什麼。
「買一袋衛生紙，還有鍋碗瓢盆，洗漱用品我們自己帶了些，還有……毛巾、浴巾、浴帽、沐浴乳洗髮精，還有什麼嗎？」周末思考著。
「被子什麼都有嗎？」
「有，早就準備好了，窗簾也訂做完了。」
「鞋拔、拖鞋、垃圾桶、垃圾袋、曬衣架？」

「買。」

「充電器、油鹽醬醋小龍蝦。」

「買。」

「套套買嗎？」

「……」

周末差點平地摔，左右看了看，才說：「其實我帶你過來不是那個意思，就是想跟你二人世界，我不著急那個的，你也別誤會，我是想跟你在一起很久的那種……」

杜敬之只是看著周末笑，看著周末那種緊張的樣子，就覺得特別有趣。他說這個，就跟當初告訴周末，自己是小棕毛似的，是故意調戲周末。

這兩次，都調戲成功。

周末看出了他的意圖，不由得有點氣，於是說：「還得買潤滑液。」

「用得著嗎？我覺得不用吧，我都沒痔瘡。」杜敬之說完恨不得把舌頭咬掉。

人家只說買潤滑液啊！

沒說要上他啊！

他怎麼自己就給自己定位成了下面的那個了？他如果不這麼說，按照周末慣他的那個樣子，上下位置還有討價還價的餘地，現在這怎麼辦？

尷尬不尷尬？

丟人不丟人？

羞不羞啊！

是不是暴露了他腦補過被周末啪啪啪的事？

周末開始微笑，這次真的是發自肺腑的笑，笑得好像春天都來了似的，一直笑一直笑，笑容好看到讓杜敬之想揍周末。

現在好了，他是想調戲周末的，結果自己就鬧了一個大紅臉，臉通紅通紅的，堪比煮熟了的小龍蝦。

於是他扭頭就走，也不管方向，只是一直走。

周末快步追了上來，問：「那個女生跟你說這些？」

「什麼也沒說。」

「你自己查的？」

「周蘭玥說的。」

「哦……」說完還感歎了一句，「那還真得感謝她了，我總以為，關於這方面，我需要跟你較勁很久。」

杜敬之突兀地停住腳步，抬起手，指著周末凶巴巴地說道：「老子要不是喜歡你，能做這決定？」

周末被說得一愣，突然在商場裡不管不顧地抱住了杜敬之，緊緊的。

「我操！」他被嚇了一跳，趕緊推周末，「滾蛋滾蛋！媽的，這麼多人呢，信不信老子踢死你。」

「我也好喜歡小鏡子，特別特別喜歡。」
「行了，我知道了，鬆開。立刻，馬上！」
「不，就抱著，能忍住不親你就不錯了。」
「再不鬆手打死你。」
「現在死也甘心了，估計是被幸福死的。」

045

杜敬之突然想分手。

他覺得這場戀愛沒法談了。

現在他終於明白，為什麼有「兔子不吃窩邊草」這句話了，因為窩邊草知道他太多的黑歷史，能跟窩邊草談戀愛的都他媽是真愛。最可怕是他缺心眼，自爆了更多丟人的事情。

他分分鐘要炸了。

周末在這個時候鬆開了他，似乎是注意到了杜敬之窘迫的樣子，也不再為難了，指了指手扶梯：「我們去超市吧。」

杜敬之還在鬧彆扭，思量了一會，自己獨自走了，沒搭理周末。周末並不在意，樂呵呵地跟在他身後，跟著他一塊去地下一樓的超市。

到了超市門口，他回過頭，對周末凶巴巴地說道：「你推車！」

「好，把你的外套給我。」周末朝他伸出手來。

他直接把衣服丟給了周末，自己先進了超市，周末依舊是開心地推著購物車，跟在杜敬之身後。

兩個人進入超市可以說是漫無目的，看到什麼，覺得有用，就放進購物車裡了。

到後期就後悔怎麼沒推兩個車，主要是鍋大，占地方，還有衛生紙跟垃圾桶什麼的，後來還是杜敬之在超市裡逛了一圈，找到了一個輪子不太靈活的空車，才解決了難題。

「我們換個車吧，你那個車，輪子拐彎費勁。」周末說著，已經走到了杜敬之身邊。

「不換，老子又不是女的，不需要你照顧。」

周末想了想，不準備在杜敬之鬧彆扭的時候跟他爭，也就放棄了，帶著杜敬之進了零食區域：「你隨便拿吧，圓規哥哥給你結帳，三天兩夜的量。」

杜敬之還想矜持一下，突然想到自己都差點撅起屁股，把菊花亮給周末看了，也就不管這個了，想吃哪個就拿哪個，這次真的是買到爽。

「吃小龍蝦，是不是得喝冰鎮啤酒？」杜敬之問周末。

「別鬧，那玩意沒什麼好喝的。」

「哎呀，試試唄，我以前還沒打算跟你在一塊呢，現在不也勇於嘗試了？」

「這是一回事嗎？」

「怎麼不是？」杜敬之走到貨架前，看著一整面牆的啤酒，不知道該選哪個，因為對啤酒沒有研究，根本不知道哪個好喝。

周末也不懂，他是標準的滴酒不沾，一點不良習慣都沒有，如果不是為了讀書，估計都不會熬夜，保持著老年人一樣的作息規律。

「唉，買吧買吧，你開心就好。」周末還是妥協了，本來就是帶杜敬之出來放鬆的，杜敬之能開心是最主要的。有的時候，周末寵杜敬之，幾乎沒有原則，都是以杜敬之為主。

「你要嗎？」

「我不要，我要冰紅茶。」

杜敬之俐落地拿了四罐啤酒，放進了購物車裡。

周末看了忍不住蹙眉，問他：「你能喝這麼多嗎？」

「我看他們好多人都是能喝好幾瓶，黃胖子說這玩意就跟飲料似的，他能喝七八瓶。」

「你的那個胖子朋友，就是喜歡吹牛的，他的話只能信一半。」

「那黃胖子都能喝四瓶，我四罐怎麼了？」

「行行行，買買買。」周末再次妥協。

之後，就是在調味料區買做小龍蝦的輔料了。

「油鹽醬醋這些東西算是必須的了，做小龍蝦肯定得有花椒、八角、薑、蔥、甜醬，好像還得有白酒？」杜敬之也不太瞭解小龍蝦的做法，只是覺得應該準備這些。

「嗯，你說的東西差不多。」周末會做，所以給了杜敬之肯定的答案。

「小龍蝦需要去哪裡買？」

「菜市場就有，在附近就有一個大的市場，盡可能買活的，貴點也無所謂，而且青蝦得用清水加點鹽泡個一天左右，還得不斷換水，挺麻煩的。」

「啊……那要不要乾脆去買成品啊。」

「我享受的是跟小鏡子一塊動手製作的過程。」

兩個人推著兩輛車去結帳，走的時候裝了五六個袋子，還有幾個是單獨有袋子的，一共花了五千多。

推著購物車直接去了停車場，把東西放進車裡，還去了一趟市場，買小龍蝦跟其他的菜、水果。

為了能夠吃得爽，兩個人乾脆買了十公斤小龍蝦，花了兩千多。杜敬之本來想買單，最後被周末搶先了：「這次我來吧，你生活費得活幾個月呢，等你再賺到稿費，再請我。」

「也行吧。」

買完了這些東西，周末開著車到了社區，進門時車輛需要刷卡，大門直接打開。進入園區，杜敬之忍不住感歎了起來：「環境不錯啊，跟個小公園似的。」

「對啊，這裡比較偏，所以地皮便宜，他們捨得搞這麼多的綠化來抬房價起來。」

「我總覺得，市區肯定得擴大，而且聽說最近要在這邊開一個火車站，這邊以後還有地鐵，估計能挺繁華的，反正在這裡買房不會虧。我聽說其他的別墅都在風景區那邊，多遠啊，開車就得一兩個小時。」

「你喜歡這裡就行。」

杜敬之坐在車裡，品味著周末這句話，弄得好像他以後，也會跟著周末在這裡住似的。

他沒再回答什麼，只是安靜了下來。

到了周末家的房子，家裡直接有車庫，從車庫裡就能直接從側門進入房子。他注意到別墅有自己獨立的小院子，只不過現在都是泥土地，還沒有做景觀。

「以後院子裡準備種花？」杜敬之問。

「打算是前面的院子種幾棵樹，種點花，做個小的石子路，放個秋千椅，後院打算挖一個游泳池。」

「豪華。」

「你有什麼建議沒？」

他看向周末，遲疑了一下問：「我的建議？這是你家房子。」

「以後我們要在這裡住啊。」

以後……

杜敬之突然意識到，周末確實要跟他走很遠的一段路，就連以後的計畫裡都有他的影子。從在一起之後，就沒想過要分手。

兩個人把東西搬進了家裡，並沒有立即收拾，周末首先帶杜敬之參觀。

這個別墅分為三層樓加一個半地下室。

一樓是客廳跟廚房、餐廳，以及一個洗手間。客廳的空間比較大，而且上方是跟二樓打通的，二樓過道有個欄杆，從客廳能夠看到二樓的幾個房間門。

二樓是兩間客房，三樓則是主臥。

房子的裝修屬於簡歐風格，外加一點輕奢風，估計依舊是周家父母喜歡的那種，畢竟裝修的事情要他們操刀，周末主要的任務是讀書。

不過房間裡沒有那種土豪的感覺，而是簡潔大方，主體以白色跟淡黃色、淺藍色為主，也算是為周末考慮。

這種風格，杜敬之還是挺喜歡的。

「我媽說這裡是按照白宮的水準的，裝修的錢快趕上一半的房價了。」周末說著，帶著杜敬之往樓上走，似乎想略過二樓，直接去三樓，結果杜敬之自己跑去看了那兩個房間。

二樓的兩個房間都有單獨的洗手間，其中一個被設計成了兒童房。杜敬之看到的時候，心裡咯噔一下，突然覺得心裡有點不是滋味了。

「別在意這個，以後我把這個房間改了。」周末拽著杜敬之上了三樓，跟他介紹，「這裡有單獨的衣帽間還有洗手間，有一個很大的露臺。這邊這個房間，我準備給你弄成畫室。」

周末指著一個空蕩蕩的房間，跟他示意。

他朝房間看了過去，發現房間裡什麼都沒有，只是簡單的淡藍色牆壁。

他走進房間看了看，走到窗邊，正好能看到後院的花園，他只是這樣看著，心裡一直都有點不舒服。

這個時候，周末從他的身後抱住了他：「小鏡子，別想那麼多，不努力怎麼知道能不能行？我家裡的情況我來搞定，你那邊，我可以幫你搞定。總之，我們會一直在一起，絕對不會分開。」

「總覺得有點對不住叔叔、阿姨，我拐跑了他們的寶貝兒子。」

「我也覺得很對不住阿姨，我以後會睡了她的寶貝兒子。」

他正俯視四十五度角，明媚且憂傷著，突然就忍不住想揍周末。結果一回身，就被周末再次抱住，然後深深地親吻。

他遲疑了一下，還是抱住了周末的背，主動回應這個吻。

反正無論發生什麼，都不會分開，好不容易才下定決心，怎麼能捨棄這麼多年的愛？

吻剛剛結束，他就又開始抱怨了：「我必須得再高一點，不然接吻脖子都難受，跟舉頭望明月似的。」

「你可以踮腳啊。」

「憑什麼不是你紮馬步？」

「我怕我紮馬步接吻，你會笑場。」

他光想想那個場面，就忍不住笑，推開周末往外走，到了房間裡，躺在床上，打了一個滾，突然想起來，問：「小龍蝦是不是得處理一下，你說牠們不會爬滿地了吧？」

「滿地倒是不至於，不過……」周末拍了一下手，「你先休息，老公去看看。」

「去吧。」他答應了一聲，隨後反應了過來，拿起枕頭就朝周末砸了過去。

杜敬之原本只是想躺在床上休息一會，結果躺了一會，就睡著了。

周末整理好小龍蝦之後再次上樓，正好看到杜敬之四仰八叉地躺在床上睡著了，還穿著牛仔褲跟那件橙黃色帽T，衣服的帽子被他當枕頭枕著，衣角向上掀開，露出一截腰來。

周末看著他，忍不住暖暖地微笑，在櫃子裡找出被子來，幫杜敬之蓋上了，然後獨自下樓，去把所有的東西都收好了。

杜敬之是被餓醒的。

嚴格來說，他跟周末都是只吃了早飯，之後只吃過一桶爆米花，午飯被他睡過去了，於是饑腸轆轆地下樓，到了一樓就聞到了一陣香味。

進入廚房，就看到周末已經在忙碌著做飯了，這場面太過溫馨，讓他心裡一暖。

他靠著廚房的門，看著周末，笑著問：「你自己一個人收拾的？」

「嗯，可累壞了，還一個人拖了三層樓的地，有沒有什麼獎勵？」周末問。

「為什麼要給你獎勵，你收拾你家，我還得給你獎勵，什麼道理？」

「因為這也是你家啊。」

「啊……」杜敬之點了點頭，思考了一會，走到了周末旁邊，拍了拍周末的肩膀，「辛苦了。」

「沒了？」

「嗯，沒了。」

周末歎了一口氣，卻還是微笑著說：「幫我收拾一下桌子吧，我們準備開飯。」

「嗯，好的。」杜敬之立即同意了，收拾之前，還去看了看泡著的小龍蝦。

吃完飯，杜敬之伸了一個懶腰，從周末的背包裡找出筆記型電腦來打開，開始在網上搜索教學，學習如何使用手繪板，手繪的軟體如何使用。然後跟周末一樣，開始死記硬背快速鍵。

周末到了他身邊，把睡衣放在了他身邊，說：「穿這個看吧，還能舒服點。」

他也覺得穿著牛仔褲挺不舒服的，不過還是問：「不用等洗澡之後換？」

「無所謂，日子怎麼舒服怎麼過。」

他笑了笑，然後舉起雙手來，周末立刻明白了他的意思，扯著他的衣服底端，幫他把衣服脫了下來。

衣服剛脫掉，他的頭髮有點起靜電了，亂糟糟地搭在頭頂。周末按著他的頭，湊過來親吻他側面的臉頰以及脖頸，然後拿來睡衣，幫他套上，在扣扣子的時候，還在揩油。

他也不在意，笑迷迷地被周末照顧著，穿好了衣服，直接在沙發上直起身子，讓周末幫自己解腰帶，就跟沒有手一樣。

周末就像一個家長，幫沒長大的孩子脫衣服穿睡衣，做得不是很順手，但是很樂意。解開腰帶，脫掉秋褲，看到那條紅豔豔的內褲，周末也有點想笑。

周末抬起他的一條腿，讓他躺在沙發上，一條腿搭在自己的身上，去親吻他的腿，覺得不過癮，還咬了一口。
「你屬狗的？」杜敬之問周末。
「我屬什麼，你不知道嗎？」
「嗯……知道，咱倆差點就是雞飛狗跳的組合。」
「完美躲避。」
杜敬之突兀地坐起身子，盤著腿，坐在周末身前，上身穿著周末的睡衣，寬鬆地搭在他的身上，露出鎖骨來。他頭頂上的頭髮依舊有點亂，不覺得難看，反而有點慵懶的感覺。
然後，他湊過去，在周末的嘴唇下，一下一下地親，然後笑著說：「小雞吃米。」
周末看了他一會，目光深沉，然後把頭搭在杜敬之的肩膀上，唉聲歎氣了好一會：「後悔沒買套了。」
他被周末弄得一陣笑，然後笑罵：「所以是你假正經？」
「不是，是你老撩我。」
「我有嗎？」
「反正你站在我面前，就是勾引我，更何況現在了。」
他笑嘻嘻地伸手抱住了周末，湊到周末耳邊說：「抱抱我家大黃。」
如何飼養一隻杜敬之，周末有自己的心得。
要會哄他，因為他吃軟不吃硬，刀子嘴豆腐心，順著他的心思走可以得永生。

要準備很多食物，瞭解他的口味，因為他很愛吃。

要會安慰他，在他敏感、自卑的時候，抱住他，給他安全感。

要知道給他留有餘地，在人前他會很要面子，也很害羞。在熟悉的人面前，就會卸下防備，展示真正的自己，甚至是掉眼淚，變成一隻小哭包。

養好了，等著他長大，就可以收穫一隻愛炸毛的媳婦。然後睡了他，用各種姿勢，睡一輩子。

然而……現在的杜敬之，還只是一隻沒長大的小雞崽子。

兩個人就這麼安靜地抱著對方，一起熄火。

然後杜敬之穿上褲子，捧著筆記型電腦繼續看教學。周末找來了一條針織的黑色大毛巾毯子，披在了杜敬之的肩上，又去廚房，泡了兩杯咖啡。

把咖啡遞給了杜敬之，杜敬之捧在手心裡，繼續看著電腦螢幕，樣子十分專注。

周末站在旁邊，喝了一口咖啡，看著杜敬之的樣子。

客廳裡只開了夜燈，並不算明亮。

杜敬之穿著睡衣，披著毯子，盤著腿，腿上放著筆記型電腦。筆記型電腦的光亮投射在杜敬之的臉上，讓杜敬之的輪廓帶著光影。斑斕的光，爭奪不了那張俊美臉龐的光彩。

杜敬之依舊頂著有點亂的頭髮，捧著咖啡，看起來卻又有一種慵懶的文藝感。

這麼好看的小鏡子，這麼可愛的一個人，教周末如何不喜歡？

幸好，現在是他的了。

杜敬之看了幾個小時的教學，周末則是打開了客廳裡的大燈，坐在地毯上，寫了兩張考卷。兩個人互相不打擾，氣氛十分和諧。

到了晚上十一點多，杜敬之站起身活動了一下身體，跟周末說了一句：「我去洗澡了。」

「我陪你吧。」

「我怕你陪著陪著就又感歎沒買套了。」

周末尷尬地乾咳了幾聲，然後推著杜敬之上樓，轉移話題地說：「我媽買的這個浴缸可有意思了，還能按摩。」

「別提按摩了，我現在還渾身疼呢。」

「我去幫你放水，你到時候試試看。」

幫杜敬之放好洗澡水，周末就出了浴室，坐在臥室裡看書。

沒一會，就聽到了杜敬之時不時的笑聲，估計是樂呵呵的模樣，偶爾還「唉喲，我操」一下，應該是在玩浴缸裡的那些功能。

周末在這個時候想起杜敬之擺弄按摩沙發時的模樣，開始帶入杜敬之現在洗澡時的模樣，忍不住跟著笑了起來。

過了一會，突然聽到了杜敬之的咆哮聲：「周大猴子，我們忘記買吹風機和浴帽了！」

周末聽了，才想起來了，然後放下書，走到了浴室門口，正好碰到杜敬之探身出來，去拽放在門口的換洗內褲。

兩個人碰面後，周末腳步一頓，杜敬之則是火速拿了內褲，然後關門縮了進去。

周末站在門口緩了會神，突然發覺，這才是真正意義上的，把杜敬之看了個徹底。

真白啊……

還沒回味完，杜敬之就擦著頭髮出來了，已經穿好了睡衣，走到了周末面前，伸出手來，攤開手心：「給錢！」

「啊？」

「參觀費。」

「哦……要多少。」

杜敬之笑了笑，伸手握住了周末的手，回答：「要一個周末。」

周末心口一顫，突然意識到，杜敬之真的是越來越會撩他了。

「你以前就這樣嗎？」周末有點納悶地問杜敬之。

「我什麼樣？」

「這麼會調戲人。」

「這叫調戲嗎？」杜敬之也挺不解的，不過還是坦然地面對周末，笑了笑說，「需要我對你進行自我介紹嗎？」

「可以啊。」

「你好，我叫杜敬之，周末家的。」說完，繞過周末進了臥室。

周末站在門口愣了會神，然後回頭去看杜敬之，快步追了過去，從後面抱著杜敬之，將他撲倒在床上。就像一隻瘋猴子，在杜敬之的臉上脖頸、鎖骨那裡親了好半天，才算是滿足了，自己去洗澡了，順便解決了一下不安分的小傢伙。

杜敬之從床上爬起來，跑到衣帽間裡照鏡子，看到自己的鎖骨被周末都咬出牙印來了，怪不得這麼疼，不由得有點怒了，跑到浴室門口罵：「周末，你就是屬狗的！」

「嗯，你家的狗。」周末在浴室裡跟他對著喊。

「以前真沒看出來，你居然這麼具有攻擊性！」

「以前也沒看出來，小鏡子居然這麼吸引人。」

他揚了揚眉，這才滿意地回了房間裡。

周末走出浴室的時候，杜敬之正蹲在地面研究地燈，外加拿著手機打電話，說著：「你好好跟你女朋友約會，找我幹什麼，我不約會的？」

電話那端的劉天樂則是罵罵咧咧的：「真沒看出來，你談個戀愛哥們都忘了，要不是我女朋友強烈要求要見見你，當我願意約你？」

「過節不跟男朋友約會，見我幹什麼啊？」

「說是來自粉絲團的親切問候。」

杜敬之沒忍住樂了，回頭看向周末，說了句：「等會。」然後回頭問周末：「劉天樂帶女朋友過來，行嗎？」

周末回答：「可以啊，我也該跟你的朋友認識認識了。」

電話傳來劉天樂的驚呼聲：「我去！這麼晚了你們還在一塊，同居了？」

「對啊，小男孩在一塊，就是這麼自由奔放。」

047

翌日。

劉天樂跟柯可到社區門口之後，是周末親自去接的，畢竟這裡不是聯排別墅，房子是錯落分佈，位置不太好找。

看到周末，劉天樂還有點不自然，模樣客客氣氣的。

柯可挽著劉天樂的手臂，看了周末好幾眼，然後偷偷問劉天樂：「他就是杜哥的……男朋友啊？」

劉天樂還沒回答，周末就應了一聲：「嗯，是的。」

柯可嚇得一縮，躲劉天樂身後去了。

周末被柯可的反應弄得有點詫異，問：「我很嚇人嗎？」

「我女朋友跟帥哥在一塊，會緊張得說不出話來，熟悉以後就好了。」劉天樂跟周末介紹，對於柯可這樣早就習慣了。

周末應了一聲，然後笑了起來，並未多在意。

柯可偷偷看著周末，似乎是覺得周末也特別帥，臉頰微微有些紅。

到了周末的家裡，剛進院子，劉天樂就忍不住感歎了一句：「周會長家裡……有點土豪啊！」

「頂多算是小康。」周末一直表現得十分內斂，打開門讓他們倆進去，隨後表示，「屋裡有地熱，我們直接光腳吧，你女朋友穿拖鞋。」

「呃……沒有拖鞋？」劉天樂覺得特別荒唐，詫異地問。

「昨天就買了兩雙拖鞋。」

「買這麼大個房子，就買兩雙拖鞋!?」劉天樂忍不住崩潰，但是沒說什麼，讓柯可穿了拖鞋，自己光腳進屋，進去就問，「杜哥呢？」

「廚房呢。」周末回答。

「喲呵，我這麼榮幸啊，還讓杜哥親自下廚。」

劉天樂往裡面走，找到了餐廳，就看到杜敬之坐在餐桌前，用牙刷刷小龍蝦呢。

劉天樂看了看杜敬之身上的橙黃色帽T，再看看周末身上穿的，小聲罵了一句：「你們倆私底下挺騷啊……」

「管得著嗎你？」

「管不著，天要下雨，兒要嫁人，這都是管不住的事。」

「我操，你找打了吧，誰你兒子。」

「比喻！就是比喻。買這麼多蝦？吃得了嗎？」劉天樂坐在了杜敬之的正對面問，柯可跟著坐在了劉天樂身邊。

「別乾坐著，那個盆裡是沒刷過的，跟著刷，咱倆一人一個牙刷。」杜敬之擺了擺手，示意劉天樂跟著幹。

「沒塑膠手套了？」劉天樂問。

「沒了，昨天就買了一個。」

劉天樂表情複雜了半天，才問杜敬之：「你們這裡不會是租來度蜜月的吧，怎麼要啥啥沒有。」說著，自己拿來了一個牙刷，幫著刷小龍蝦，對柯可說，「妳不用幹，在這裡坐著看帥哥就行了，別劃了手。」

柯可立即乖巧地點頭，還挺高興的。

周末知道他在，這幾個人會說話不自在，就獨自去廚房裡忙碌了。

劉天樂刷了一會小龍蝦，注意到了旁邊駕著一台攝影機，仔細一看，居然還是錄影狀態。於是問：「這刷個小龍蝦還錄影？」

「我弄了個微博，想用這個提升人氣，招攬點人找我畫畫賺錢。結果正經地發我的畫，粉絲沒漲多少，倒是發一些亂七八糟的影片漲粉絲。」

劉天樂回味了半天，才算是明白了這句話的意思：「所以，你的意思是你錄刷小龍蝦，會讓你漲粉絲？我去，我是不是落伍了，不知道現在的潮流了？」

杜敬之一聽就樂了，招呼周末：「欸，圓規哥，你把筆記型電腦拿來給他們倆看吧。」

「好。」周末原本在廚房裡忙碌，聽到吩咐，立即擦了手去了。

等周末離開了，劉天樂才忍不住笑了：「圓規哥……噗，真別說，看起來真像。不過跟他接觸，還是覺得彆扭，就感覺跟帶著家長去網吧過夜似的，頗刺激。」

杜敬之笑了起來，也覺得這種感覺挺奇妙的，於是回答：「我就是怕這種尷尬，才跟他裝成不認識的。」

「你們倆什麼時候好上的？」

「從他來班裡找我，我裝死那次之後。」

「哦……」劉天樂拉長聲地回答了一句，然後開始笑，笑得特別有內涵，看起來挺欠揍的。

「我覺得我當初決定自己做小龍蝦就是個錯誤的決定，現在流的淚，就是我之前腦子裡進的屎。」杜敬之刷著小龍蝦抱怨起來。

「所以你才長出金棕色的頭髮來？」

「你說得很有道理啊！」杜敬之竟然表示贊同，還拍了一下桌子。

柯可一直規規矩矩地坐在旁邊，聽到他們倆聊天，忍不住笑了起來：「你們倆可真好笑。」

「這才哪到哪？加上一個黃胖子，能搞笑到笑暈妳。」杜敬之回答。

這個時候，周末已經拿來了筆記型電腦，螢幕就是杜敬之的微博。

柯可立即湊過去看，順便看了一眼杜敬之微博裡轉發量最高的那條影片。劉天樂一邊看一邊樂，然後感歎：「杜哥你挺上相啊，影片裡確實帥。」

「本人也帥。」杜敬之回答。

「我也覺得杜哥特別帥，完全可以去韓國公司裡做練習生。」柯可在這個時候跟著說道。

「練習生，啥玩意？」杜敬之不懂。

「就是儲備的新人，挖掘明星的一種方法，培養好了，就能出道當明星了。杜哥你的長相肯定可以靠臉就能引來一大批粉絲來。」柯可回答。

「拉倒吧，我幹不來這個。」

「杜哥你在我們學校就有粉絲團了，她們特意派我來，想給你照幾張相片，滿足一下她們。」

杜敬之還挺驚訝地問：「妳們的那個玩意，還沒散呢？」

「沒啊！」

「靠什麼維持的啊？」

「靠你的臉啊！」

周末正好在這個時候，坐在了杜敬之身邊，然後就注意到杜敬之在看他，他立即笑著回答：「拍吧，沒事。」

劉天樂這都震驚了，提高音量問：「不是吧杜哥，你這是懼內，還是怕老公？」

「這叫尊重，懂個屁!?」杜敬之立即罵了一句。

柯可則是一邊拿自己的手機一邊說：「杜哥，如果她們知道你有這個平臺，肯定會跑來給你加油助威，各種幫你宣傳的。」

「啊……行，妳照吧，就照我刷小龍蝦的樣子，是不是特別帶感？」

柯可「噗哧」一聲樂了。

劉天樂一直在關注攝影機，忍不住問：「我是不是會被發到你微博上去？」

「不會，周末會剪片，你真要出現了，也幫你打個馬賽克。」杜敬之回答。

「打馬賽克總讓人覺得怪怪的，往不好的方向想，不是電視裡那種受害人或者犯罪分子，就是福利片裡討人厭的馬賽克。」

柯可在一邊接了一句：「福利片？」

「啊……沒有，什麼都不是。」劉天樂立即否認了。

柯可立即問杜敬之：「杜哥，你跟我說實話，天樂是不是經常在你們學校看美女？」

「我跟你說實話，我從小就對美女不怎麼感興趣，所以沒跟他一塊看過，不知道這個。但是他跟沒跟黃胖子一塊看，我就不知道了。」

「沒有！絕對沒有！我跟杜哥在一塊聊的話題都是正經話題，還有富強、民主、文明、和諧、自由、平等、公正、法治、愛國、敬業、誠信、友善。」

杜敬之聽完差點鼓掌了：「行啊，背得挺溜啊！你這是懼內嗎？」

「懼，特別懼。」劉天樂認慫，然後扭頭問周末，「周會長，我問你個事，你跟我們杜哥在一塊，是不是被威脅了？」

「威脅？」周末一愣。

「對，比如你不跟他交往，他就天天放學堵你之類的。」劉天樂繼續問。

「沒有啊，我追他的。」

「不是，你看上我們杜哥什麼了？你們倆在一塊，杜哥就跟個恐怖分子似的，你倆能和平相處嗎？」

杜敬之聽完不樂意了，罵了一句：「滾蛋，誰跟恐怖分子似的。」

「不會，小鏡子很可愛。」周末笑著回答。

劉天樂這回笑得都快抽了，笑聲「嘎嘎」的，還直打嗝：「我的媽啊，還小鏡子，還可愛，我們好像認識的不是同一個人。」

「真想抽你。」杜敬之剛面目猙獰地罵完人，就注意到柯可對著他照了一張相，立即崩潰了，「你們倆是串通好了吧，非得照我醜照？」

柯可解釋：「不是，我覺得杜哥罵人的時候特別霸氣。」

杜敬之被氣笑了，朝周末看了一眼。

周末也在笑，跟他對視之後，眉來眼去了一會，就又各幹各的了。

這個時候柯可去廁所，杜敬之說起了其他的事情：「我買了四罐啤酒，一會一起喝啊？」

「別，我跟我女朋友說我不抽菸不喝酒，她經常跟閨蜜誇我，不能讓我露餡了。」

「你還抽菸？」杜敬之還挺驚訝的。

「你不知道？」

「不知道啊……現在看來，就我什麼都不會啊。」

周末一直在聽，聽到這裡蹙起眉頭來，說道：「不許學。」

「這不是社交必備技能嗎？」杜敬之問。

「沒必要，這種社交是不健康的。」

「嘖，行行行，不學！」杜敬之立即妥協了，「不過買的酒不能浪費了，我得喝了。」

「嗯，下不為例。」

劉天樂盯著兩個人看了一會，忍不住問：「你們倆在一塊約會的話，是不是就一起寫作業，或者打個籃球啊？」

「呃……」杜敬之很想說，在一起就是親親小嘴摸摸小手，情到濃時擼一發，不過怕劉天樂接受不了，於是回答，「昨天還去看了電影。」

「哦，我到現在都覺得神奇，我們杜哥談戀愛了，還一下子拿下了全校女生心目中的男神。或者說，我們學校很有爭議的兩個校草，談戀愛了，真不知道那些人知道之後會是什麼心情。」

「不想讓他們知道。」周末回答，畢竟不是所有人都能坦然接受，他怕杜敬之會被人詆毀。

「我不會說的，我女朋友也不會，我連黃胖子都沒說，放心。」

「嗯。」周末應了一聲，「還算聰明。」

不知道為什麼，劉天樂突然覺得背脊一寒。

杜敬之依舊在兢兢業業地刷著小龍蝦殼，同時問劉天樂：「你女朋友這樣天天看帥哥，你不吃醋？」

「這有什麼好吃醋的？吃醋都是對自己沒自信，對戀人不信任的表現。」劉天樂坦然地回答道，根本不在意。

劉天樂的對面，坐著兩個醋包。

杜敬之跟周末都有點沉默，然後，杜敬之扭頭對周末說：「別聽他瞎說。」

周末抿著嘴，一臉鄭重地點頭，表示贊同：「嗯。」

劉天樂目瞪口呆地看著他們兩個，忍不住感歎了一句：「不是吧你們倆……」

「這傢伙曾經吃過黃胖子的醋。」杜敬之跟劉天樂說。

劉天樂再次笑抽，然後問杜敬之：「所以你吃過柳夏的醋？嗯，你吃醋是挺嚇人的，跟個潑婦似的，一點道理都不講。」

兩個醋包都沉默了下來，氣氛突然有點尷尬。

劉天樂緩了一會神，突然反應過來：「你們倆好像悄無聲息地就秀了個恩愛，簡直防不勝防。」

「哪有？」杜敬之還挺不爽的，刷蝦的時候都帶著怨氣。

當時吃醋，的確是因為沒有自信，畢竟他們不是「男女朋友」，不是名正言順。因為性別這一點，就要比其他人敏感許多，也會更不安。

所以，杜敬之覺得自己吃醋是正常現象，因為在意才會吃醋，因為喜歡才不喜歡周末跟其他人在一起。

周末是他的，就他一個人可以靠近可以摸可以幹，就是這麼合情合理。

哼！

想到這裡，他刷小龍蝦的動作更加賣力了。

小龍蝦最後是周末做的，因為杜敬之是真的不會。

杜敬之覺得這個影片大概會十分沒意思，就研究著想把攝影機關掉，周末端著做好的食物到了餐桌前，說道：「吃完再關吧。」

然後杜敬之就注意到，放在其他人面前的都是小盤子，裡面放著十來個小龍蝦。他的面前卻放著一個盆，裡面放著剩餘的所有小龍蝦。

緊接著，周末還端出來其他幾樣菜，分別是西洋芹炒蝦仁、爆炒魷魚、韭菜雞蛋、可樂雞翅，都是周末一個人做的。

「為什麼我的……跟你們的不太一樣？」杜敬之詫異地問。

劉天樂笑得最大聲，感歎道：「果然瞭解我杜哥的食量！」

雖然菜不算多，但是只有四個人，還都是年紀不大的學生，能做這麼幾道菜，劉天樂跟柯可已經對周末有點崇拜了。菜做得夠量，還有米飯，這小龍蝦也就算是其中一道菜，所以一個人十幾個，算是夠了。

杜敬之面前沒有飯碗，就是一盆小龍蝦。

周末回答：「在鏡頭前展示一下你的食量吧，不然這個影片真沒什麼內容。」

「哦……」杜敬之看著小龍蝦，還挺饞的，直接開始吃。

周末在這個時候說：「我再給你們拌個涼菜，上次去小鏡子姥姥家做客，他姥姥教給我的，挺好吃。」

「我去，你們還見家長了？」劉天樂震驚了，差點沒站起來。

「從小就見過。」

劉天樂捕捉到關鍵字，立即問：「從小？」

「我們倆一塊長大的。」周末回答完，就進了廚房。

劉天樂好半天沒反應過來，直接問杜敬之：「你們倆不是最近才搞上，在畫壁畫的時候昇華感情的？」

「不是，我從懂事起，他就是我鄰居，在學校的時候只是裝成不認識。」

「你他媽挺能瞞啊！你倆玩得挺深啊，地下黨是吧？」劉天樂一下就激動了，開始回憶這兩年裡的總總。後來發現，他根本記不住關於周末的事，因為不太關注這個人，關於杜敬之的黑歷史，倒是記住了不少。

杜敬之除了聊天，就一直在吃，從頭到尾就沒停過。

大家都是同齡人，沒有什麼客套的，杜敬之第一個上桌，最後一個吃完，一盆小龍蝦全部吃完，還吃了不少其他的菜，可樂雞翅就啃了四個。

柯可一個勁地誇周末做菜好吃：「你做菜比我媽媽做菜都好吃，跟你在一塊真是太有福氣了，我要成為你的粉絲了。」

劉天樂聽了趕緊擺了擺手：「趕緊打住，妳少追點星吧，自己錢都不夠花，還非要買專輯，不懂你們這些追星的人是怎麼想的。」

周末在這個時候微笑著回答：「追星的人能看上你也是你的福氣，畢竟這群人眼光都特別高。」

柯可聽完激動得直拍桌子：「周偶像，你說得太對了！」

得，已經升級成偶像了，劉天樂也懶得說什麼了。

吃完飯，周末關了錄影機，去看影片，走到客廳裡的時候，他們幾個人正在張羅打撲克牌。

東北有種撲克叫四沖，打起來特別變態，就是四副撲克和一塊，抓牌就要抓半天，然後每個人手裡拿著一副撲克牌。上家出五張，下一家用比這五張牌面大的牌去比，最好是數量正好的，數量多了，就容易掉牌，在最後砸手裡，少了可以拿「混」去填充數量。

這個撲克裡，鬼牌、3、2，被統一叫作「混」，「混」可以代替任意的一張牌。

打這種撲克，最可怕的就是記牌，有的時候抓了一手好牌，結果對手會記牌，還會算計，說不定就會輸。

周末就記牌，打個撲克牌像做算術題，深思熟慮，步步為謀，舉手投足間盡顯學霸氣質，氣得劉天樂直摔牌。

這個時候周末的電話亮起了螢幕，因為就放在茶几上，很幸運地被周末看到了。

周末接聽了電話，電話裡傳來了程樞的聲音，周末跟程樞聊了幾句，就掛斷了電話。

杜敬之聽了個大概，於是問：「怎麼，學生會那群人又要作妖？」

「嗯，算是吧，開學之後他們準備集體辭職。」

「我操，不是說要你在學生會混不下去嗎？怎麼是他們辭職？」

「學生會也有工作任務的，現在正是期末收尾的階段，如果他們辭職，這些爛尾的工作就會交到我的手裡，估計他們覺得我會焦頭爛額。而且，現在是高二期末了，本來到高三職務就肯定得停了。他們用複習當理由辭職，早退休半學期，也沒什麼太大損失，還能給我添麻煩。」

「真他媽賤。」

「什麼情況？跟我也說說唄。」劉天樂有點好奇，是什麼事讓杜敬之這麼生氣。

杜敬之把柳夏鬧的那齣雜耍的事跟劉天樂說了，劉天樂立即嗤之以鼻，開始說柳夏：「這女的是真他媽煩人，開始覺得長得挺好看，結果長著一張人臉不幹人事。」

周末倒是不太在意，問劉天樂：「你有沒有興趣加入學生會？」

劉天樂立即就震驚了：「我!?我不合適吧。」

「沒什麼不合適的，你成績在學校裡算是中等水準，平時表現還行，運動會的時候，跑步項目拿了幾個第一名，對吧？」

「喲呵，挺瞭解我！」

「我給你申請做文體部的幹部，到時候你就去找他們交接工作，我覺得如果是你的話，交接工作的過程中，吃虧的是他們。」

劉天樂一聽就樂了，對著周末豎大拇指：「我總覺得我是被你派出去收保護費的小弟，不過你是杜哥的……男朋友，就是自己人，什麼都好說，只要你能給我安排進去學生會，我就幫你。」

「其實黃胖子也可以，他跟柳夏算是有點過往，說不定會賣力工作。」杜敬之提議。

「他曾被記過呢，肯定不行。」周末回答。

「那我呢？」杜敬之抬手指了指自己，加入學生會，聽起來還挺帥的。

「你進來容易暴露我們倆的關係。」周末立即就拒絕了，想都沒想。

「都偽裝那麼久了，早就習慣了，還有什麼不行的？」

「以前跟現在不一樣，我現在也容易控制不住我自己對你更好。」

劉天樂坐在一邊，搓著身上的雞皮疙瘩，直往柯可懷裡鑽。柯可也看著兩個男生談戀愛有點彆扭，此時也是在強裝鎮定。

杜敬之也鬧了一個大紅臉，清咳了一聲，緩解了一下尷尬氣氛。

劉天樂也在這個時候表決心了：「我一定會拿出我小學時強迫別人幫我寫作業的力氣跟幹勁，去做好這件事。」

柯可聽了忍不住蹙眉：「你怎麼這麼壞呢，讓別人給你寫作業。」

「我那個時候想當老大，卻沒啥可做的，想到最厲害的事情，就是強迫別人給我寫作業。」劉天樂毫不在意地說著自己當年的中二歷史。

「現在你怎麼跟著杜哥混了呢？」

「因為我突然覺得掃地僧這個設定很不錯，你看過《灌籃高手》沒？櫻木軍團裡的洋平，就挺帥的，平時低調內斂，實則戰鬥力很強，我覺得這種角色也不錯。」

杜敬之聽完之後幽幽地說：「所以我在你腦袋裡就是櫻木花道那樣的？」

劉天樂繼續笑。

這之後，劉天樂就跟柯可一塊離開了，畢竟柯可拍照任務完成，又跟周末聊不來，尤其看不上周末記牌，打個撲克還計算的樣子，就早早離開了。

臨走是，柯可送給了杜敬之一個盒子說：「後援團禮物。」

杜敬之也沒在意，直接收了，送他們倆離開。

回到客廳裡，杜敬之打開盒子看裡面的東西，居然是一罐護唇膏。

他一般不用這些東西，所以有點好奇，打開之後直接塗了，然後扭頭看向周末：「看我的嘴唇，有沒有變得水水嫩嫩的？」

周末先是看了看，然後直接吻了上來，還舔了舔，回答：「味道一般。」

杜敬之沉默了一會，就把護唇膏放回盒子裡了，同時嘟囔：「這玩意要是吃的，這麼一丁點的玩意，我能一口吃掉。不過我如果有這愛好，不如買幾根蠟燭吃，量還大。」

周末只是笑了笑沒說話，直接去收拾廚房了。

周末再次出來的時候，居然看到杜敬之在哭。

他嚇了一跳，趕緊走過去，然後就看到杜敬之面前的茶几上，放了三個空的啤酒罐，還有幾個空的零食袋子，杜敬之正在喝第四罐，一邊喝，一邊哭。

看到他過來，杜敬之立即一嘟嘴，叫了一聲：「圓規哥哥。」

這聲叫得他身子都酥軟了，尤其是看到杜敬之噙著眼淚，梨花帶雨的樣子，居然覺得……還挺嬌滴滴的，跟他幻想裡，跟自己撒嬌的小鏡子一模一樣。

當然，不哭就更好了。

「你怎麼了？」周末遲疑著，要不要走過去。

杜敬之擦了一把眼淚，吸了吸鼻子，繼續委屈地開口：「我就是突然想到了點，不開心的事……」

周末腳步頓了頓，還是走到了杜敬之身邊坐下，問：「怎麼不開心了？」

「你過來之後為什麼不抱我？」杜敬之立即問。

周末又是一愣，不過還是抱住了杜敬之，拍了拍他的肩膀，問：「現在好點沒？」

「沒好，抱得不夠緊。」杜敬之繼續不樂意。

周末又抱得緊了一些，然後問：「好了沒？」

結果杜敬之調整了一個姿勢，抱著周末，把腿抬上來，纏在他的腰上，直接「掛」在了他的身上，哼哼唧唧的，似乎很不開心，然後質問他：「你這個人怎麼回事，當初你要摸我就直接摸，問我幹什麼，你讓老子怎麼回答你？」

周末吞咽了一口唾沫，他現在可以斷定，杜敬之是喝醉了，而且酒量非常不好，正在發酒瘋。

周末的腦袋裡，甚至想到了杜敬之醒酒後，羞愧得炸成一道禮花，燦爛得讓人心有餘悸的樣子。

腦海裡有一道聲音在說：處理不好，你將永遠失去你的小鏡子。

周末此時，面臨著人生一個重大的難題。

懷裡是哭唧唧的杜敬之，這種情況下，最明智的選擇就是裝成什麼都不知道，然後避開，讓杜敬之在這裡自生自滅，明天自己清醒。這樣杜敬之明天也不會有什麼問題，醒了就結束了，他也能夠明哲保身。

但是，他真的要放任杜敬之一個人在這裡哭鼻子也不管？

會不會顯得太殘忍？

周末開始理性分析這件事情。

已知：杜敬之的酒量非常一般，看情況三罐啤酒就足以進入醉酒狀態，情緒不再受控制。現醉酒情況為：會哭鼻子，會說出平時羞於說出口的話，不再彆彆扭扭，更加黏人，會撒嬌。

未知情況：不知道醉酒後會不會有其他併發症，如果周末躲避之後，杜敬之出去瘋跑裸奔怎麼辦？豈不是會感冒？萬一自暴自棄自殘怎辦？會不會傻乎乎地跟家人打電話坦白自己的性向，還沒有鋪陳好，就這樣坦白，這豈不是更糟？

留下來照顧杜敬之的後果：此時能夠穩住杜敬之，順便聽聽杜敬之的真心話，享受一把被杜敬之撒嬌的感覺。不過，杜敬之酒醒之後，就是地獄，說不定會羞愧到鬧分手，或者跟上次一樣躲著他幾天，被揍一頓說不定都是輕的。

周末抱著杜敬之，輕輕拍杜敬之的後背，隨後溫柔地問：「你睏不睏，要不要睡覺？」

「好，想跟圓規哥哥一起睡。」杜敬之直接同意了。

這讓周末鬆了一口氣，如果杜敬之就這樣睡著了，也不會有多大的問題，可以從根本上解決醉酒問題，周末也能在一邊隨時照顧，還能最小化醒酒之後的矛盾。

於是他問：「我扶你上樓吧？」

「不，你抱我上去。」杜敬之對於這個提議表示抗議。

周末權衡了一下表示：「我抱你上樓梯容易看不到樓梯，還是背你吧。」

杜敬之有點不高興，卻還是不情不願地同意了：「好。」

周末這才起身，示意要背著杜敬之，好在杜敬之醉酒之後，黏人特別厲害，抱著周末也特別緊，就像一隻巨型樹懶。

兩個人十分安穩地到了三樓臥室，周末把他放在了床上，然後周末幫他脫掉了外套，順便脫掉了牛仔褲。這一回，杜敬之沒穿秋褲，現如今只剩下一條平角內褲。

「我去幫你拿睡衣。」周末說著就要起身離開。

「不許走！」杜敬之突然特別不高興，喊了起來，還坐起身來抱住了周末的腰，嚇得周末不敢走了，只能回來，安撫好杜敬之，用被子把杜敬之包起來。

杜敬之在被子裡蠕動了幾下，然後掀開被子的一角說：「你也進來。」

「好。」周末跟著進入被子裡，準備哄杜敬之睡覺。

進入被子裡，杜敬之就問他：「你為什麼要穿衣服？」

周末思考了一下，還是妥協了，扯著衣服，脫掉了那件帽T，接著脫掉了褲子，同樣只剩一條平角內褲。接著掖好被子，伸手抱住了杜敬之。

兩個人還是第一次這麼坦誠地抱在一起，皮膚觸碰皮膚，感覺滑膩膩的，還挺舒服。

「別以為我不知道，我上次沒穿內褲，穿了你的睡衣，那之後你這死變態就一直穿那件睡衣，也不穿內褲了，還不洗！褲腳被我蹭髒了的地方，一直留在那裡，最近我都開始穿好內褲再穿睡衣了，我怕你所有睡衣都不洗，髒死！」杜敬之抱住了周末，一直看著他，直接說出了這件事情來。

周末有種被戳穿了的尷尬，想起昨天杜敬之故意出來取內褲，不由得也有點不好意思。

杜敬之並不在意周末的這種沉默，在周末的嘴唇上親了幾下，這才又說了起來：「還有看我光個上半身，耳根子都紅了。抱著我睡覺，每次早上四點多鐘偷偷醒過來，用硬棍子暗戳戳地在我身上蹭幾下，我也知道！」

周末一句話都說不出來了……

他一直當杜敬之大大咧咧的，什麼都不知道，結果杜敬之什麼都知道，只是不說而已。

杜敬之就是這樣一個人，有事憋在心裡，自己胡思亂想，其實想得比誰都多，在意的事情也多，只是沒表現出來罷了。

就在他羞愧難當的時候，杜敬之挪開了一隻手，伸進了周末的褲子裡，來回地摸索，最後握住，湊進了周末：「你要是憋得難受，就跟我說，我能幫你，給你口都行，不用一直這麼忍著。」

周末覺得，他要比杜敬之先炸了。

在他面前的杜敬之，跟以往都不一樣。

蜷縮在被子裡，露出白皙的脖頸跟些許肩膀，漂亮的鎖骨呈現在他的眼前。或許是因為醉酒，杜敬之的臉頰泛著些許粉紅，但是眼神特別炙熱，讓他心中忍不住顫抖。

兩個人的胸膛貼著胸膛，被杜敬之握著的東西在漸漸膨脹，變得不安分。

他伸出雙手，將杜敬之抱得緊緊的，然後回答：「忍著是因為珍惜你。」

「可是我更希望你需要我。」

「這樣啊……那是我的錯。」

說著，低下頭去親吻杜敬之。

吻是滾燙的，帶著足以焚燒心臟的火熱，柔軟帶著溫暖，甘甜裡又有著濃烈的酒味。從未這麼急不可耐過，只想更加深入這個吻，或許這樣，就能展示自己有多愛這個人。

唇齒碰撞，流連忘返。

親吻間，周末被杜敬之推著肩膀，仰面躺在床上，然後杜敬之跨坐在他的身上。挪了挪位置，能夠繼續握著周末的，在那綻放的血管上，能夠感受到他強勁有力的脈搏。

杜敬之的另外一隻手撐在他的胸口上，主動停止了這個吻。

雖然沒有繼續親吻，兩個人的唇瓣卻靠得很近，杜敬之一說話，兩個人的唇瓣就會摩擦觸碰。

杜敬之的聲音並不大，就好像在跟周末單獨說悄悄話：「我喜歡你摸我，所以不用問我，隨意就好了。我也喜歡你親我，親哪裡都行。我還是最喜歡你，哪都喜歡，從頭髮到腳尖，從性格到聲音。」

說著，握著的手稍微緊的握了兩下：「這裡也喜歡。」

周末應了一聲，隨後回答：「我也喜歡小鏡子，哪裡都喜歡。」

「可我不喜歡我自己。」杜敬之說著的時候帶著失落，調整了一個姿勢，倒在周末的身上，側著臉，鼻尖蹭著周末的耳垂，「我家裡的那些事，那兩個人煩死了。」

「這些我都知道，我並不在意，父母、親屬無法選擇，這都不是你的錯，我願意跟你一起面對。」

「我也討厭我自己，是個女孩子就好了，還可以給你生孩子，不用這麼提心吊膽的，可以名正言順地在一起。」

「我就喜歡小鏡子，我喜歡的就是男孩子，所以你不用在意這些。」

「我喜歡你的身體，肌肉和線條特別漂亮，我都想學雕塑，把你當模特兒給雕刻出來。但是我不想給別人看，我就放在家裡，自己摸。」杜敬之繼續說著，用自己的身體蹭了蹭他。

「真人也給你摸，隨便怎麼摸。」

「肯定要摸，以後都會摸，還會親親，哪裡都親親，哪裡都不會放過。」

「好好好，給你親。」

結果剛說完，杜敬之就啃上來了。

因為瘦而顯得單薄的身體就這樣匍匐在周末的身上，周末垂下眼眸，能夠看到棕色的柔順頭髮，以及緊致到沒有一絲贅肉的肩膀。

杜敬之就像一隻小野獸，在他的身上又啃又咬，吸吮著。周末打賭，肯定留下了一片草莓印。

「小鏡子，脖子別咬，被發現了就不好了。」周末小心翼翼地提醒，他不想現在就引起麻煩。

杜敬之立即委屈地抬起頭，可憐巴巴地看著他。

他看著杜敬之這副撒嬌似的模樣，最終還是心軟了：「好吧，你隨意就好。」

「圓規哥哥。」杜敬之突然揚起笑臉，眼眸彎彎地喚了一聲。

「嗯，在呢。」

「圓規哥哥！」杜敬之又叫了一聲。

「嗯嗯。」

「圓規哥哥，我好喜歡你啊。」

周末覺得自己的心臟在一瞬間變成了提拉米蘇，又甜又軟，看著杜敬之，就會下意識地溫柔起來，抱著杜敬之，微笑著回答：「圓規哥哥也特別喜歡小鏡子。」

「圓規哥哥。」

「嗯。」

「就是想叫叫你。」

「哦，小鏡子。」

「嗯嗯，在呢，在親你呢！在你懷裡呢！」

「乖。」周末抬起手，摸了摸杜敬之的頭髮，算是一種獎勵。

「圓規哥哥。」杜敬之再次叫了一聲。

「嗯，在呢。」

「我也想看看你射的時候，是什麼樣的表情。」

周末依舊在笑，立即答應了：「那小鏡子幫我好不好，我讓你看。」

「好！」杜敬之立即應了一聲，然後又問他，「要怎麼幫你。」

「你隨意就好。」

050

其實根本不用杜敬之怎麼幫，周末自己就快忍不住了。

周末這些年裡，一直期待著的就是能跟杜敬之名正言順地牽手，兩個人在一起。他的理想狀態就是這樣，杜敬之會跟他撒嬌，會跟他沒羞沒臊地生活在一起，兩個人互相關心，互相照顧，平日裡嘻嘻哈哈，晚上啪啪啪啪。

所以看到杜敬之這個樣子，周末雖然心中惶恐，但是異常滿足，早就被杜敬之撩撥得有些難耐了。

加上杜敬之有意幫他，手一直在安撫著，此時還主動親吻他。

他抱著杜敬之，大手摸著杜敬之光潔的後背，溫暖的被子裡，兩個人這樣交疊在一起。

他輕輕叫了杜敬之一聲：「小鏡子。」

杜敬之抬起頭看向他，他也在那一刻釋放在了杜敬之的手心裡。

釋放完畢，周末鬆了一口氣，然後看向杜敬之。

杜敬之也在看他，眼睛裡含著笑，異常的滿足。

「就是這個樣子的，你看到了吧。」他說。

「嗯，我看到了，很性感。」

聽到這個詞，他有點不好意思，起身在床頭櫃上抽出紙巾來要擦乾淨。結果發現杜敬之居然抬起手來，看著手上的東西，伸出舌尖舔了一下。

他一下子就炸了，立即握住了杜敬之的手腕阻止，一板一眼地教導：「這樣不可以！」

「我想嘗嘗圓規哥哥的味道。」杜敬之委屈地回答。

「我雖然喜歡你，卻有我的底線，你不成年我不會做，也不會委屈你做其他的事情，所以不會讓你口。這種東西你不能碰，是髒的，第一次的裡面會混合一些尿液，我希望你跟我在一起以後也乾乾淨淨的。」

杜敬之一臉懵懂的表情，任由周末用紙巾擦手，嘟著嘴，有點委屈。

等周末全部收拾好，準備去浴室清洗的時候，杜敬之才又一次抱住周末，一個勁地耍賴：「圓規哥哥居然凶我！」

「這個不是凶，我是心平氣和地跟你說。」

「我不管，你就是凶我了！」杜敬之開始蠻不講理，就是耍賴。

「我只是在跟你講清楚。」

「我看小說裡，他們都有吞下去的！」

周末疑惑了一下，扭頭問杜敬之：「小說？」

「我讓周蘭玥發點資料給我，她給我發了一個文包，我偷偷看了幾本。」杜敬之說得理直氣壯，並且特意強調，「專挑高H的。」

周末沉默了下來，如果杜敬之沒喝醉，這種事情，就算打死杜敬之，杜敬之也不會說。現在……周末居然也想跟周蘭玥要一份文包，看看杜敬之都看過一些什麼東西。

反正杜敬之已經說了這個，周末也就破罐子破摔，準備明天見招拆招了，於是追問杜敬之：「你還看到什麼了？」

「比如……浴室裡做啊，餐桌上做啊什麼的。」

「你有什麼想模仿的嗎？我可以滿足你。」

「他們都跟你不是一個類型的。」

「他們什麼類型？」

「反正我就沒看過摸摸還得先問問的。」

周末有點無語，看著杜敬之委屈的樣子，還有點無奈。

他覺得他有點像是一個家長，在哄一個不懂事的孩子。小說裡還寫一夜七八次呢，這樣下去，不前列腺炎也得腎虛，甚至是功能早退。

不過這個怎麼跟杜敬之說？現在杜敬之血氣方剛，覺得自己是鐵血真漢子，真這麼說了，估計杜敬之還得覺得是周末覺得他不行呢。

摸之前問問都不行了，講不講道理？

他都懷疑杜敬之就喜歡那種霸道總裁強制愛的。

他越想越生氣，卻也只是生悶氣。

在他憋悶加窩火的時候，杜敬之又開始在他身上撒歡了，從前胸親到後背，然後他也不免跟著有了反應。

真打臉啊，他好像也挺……血氣方剛的。

轉過身，抱著杜敬之，也跟著狠狠地撒了個歡，等兩個人都釋放完畢，周末便抱著杜敬之去了浴室。

水還沒放好，周末就在放水的同時，用蓮蓬頭先幫杜敬之沖洗乾淨。

杜敬之似乎心情很好，已經不再哭了，而是一個勁地抱著他，一直笑嘻嘻的。在周末自己沖洗的時候，還用嘴去吸吮他身上的水，又被周末訓了一頓。

放好了水，周末把杜敬之抱進浴缸裡，看著水裡這雪白的身體，不由得又有點……反應。

再次打臉了，今天的第三次了。

結果他剛站起身，準備去拿沐浴乳，杜敬之就探過身來報復了周末，估計是剛才周末訓杜敬之，杜敬之記仇了，不過舉動特別幼稚：「彈你肖唧唧！」

周末覺得好氣又好笑，最後還是耐著性子幫杜敬之洗乾淨了，然後自己隨便用蓮蓬頭沖了沖。

在他沖洗的時候，杜敬之扒著浴缸的邊，一直在看他，然後感歎了起來：「原來你是這樣的，估計我們倆上身一樣長，你比我高的部分都是腿。」

「估計是吧。」

杜敬之忍不住吹了一個流氓哨，然後又樂了，一臉的幸福：「我跟圓規哥哥一起洗澡了。」

「嗯，一起洗了。」

杜敬之把臉貼在浴缸邊沿，一會調整一下，兩側的臉輪流貼，嘴裡嘟囔著：「我高興得臉有點燙，只能物理降溫。」

「物理降溫這個詞用得不錯。」

「圓規哥哥，我唱歌給你聽吧！」杜敬之再次興奮地問。

「嗯，好。」

「妹妹你坐船頭啊，哥哥我岸上走！」

「不錯，唱得挺好聽。」

「我還沒唱完呢。」

「那就繼續。」

「我換首歌。」杜敬之想了半天，想不到其他歌了，於是問周末，「你點個歌吧。」

「你唱什麼我都愛聽。」

就這樣哄著杜敬之，幫杜敬之擦乾頭髮，再把杜敬之哄騙上床，準備讓杜敬之睡覺。結果杜敬之特別興奮，又折騰著要再看一次周末那個時候的表情，周末想矜持，卻沒矜持成功。

今天釋放第三次後，他坐在床上開始懷疑人生，杜敬之則是趴在他懷裡問他：「第三次的裡面還有尿液嗎？」

周末不想說話。

看周末沉默，杜敬之開始賣乖：「小鏡子不吃了，就是問問。」

周末側頭看著杜敬之，回答不出口，突然開始撓頭髮了。

他的原則呢！

他一直是一個很有自制力的人，會自己努力讀書，會時常去學跆拳道，身材一直保持得很好。這一直是他引以為豪的一點，但是現在……

杜敬之一對他撒嬌，一對他笑，原則什麼的，自制力什麼的，一瞬間全沒了。

在客廳裡的時候他就想得明白，應該盡可能少發生一些事情，能哄得杜敬之睡覺就哄他睡覺。不然等杜敬之醒過來，就是修羅場。

現在呢……

看著笑得像一隻成功偷了魚的貓，不由得心又軟了。

都有男朋友了，還要什麼原則啊。

有他就夠了。

他自己都能想到，真的能捨得進入杜敬之身體的時候，估計一次一次接二連三要求繼續的人，恐怕是他。

再次清洗完，杜敬之終於老實多了，在周末換床單的時候，就開始打瞌睡了，換完了床單，就直接爬進被窩裡開始睡覺。

杜敬之睡著之後，周末套上睡衣，開始收拾一地的紙巾，然後去收拾浴室。

收拾完，看了一眼時間，發現才晚上八點多，看杜敬之現在的模樣，應該是吃不了晚飯了，於是自己去客廳裡取了一些零食，順便拿來作業。

怕杜敬之醒過來看不到自己會鬧，周末把作業拿到了臥室來，雖然姿勢不舒服，還是熬夜寫了起來。

寫到晚上十一點左右，杜敬之翻了個身，直接坐了起來，瞇著眼睛，迷迷糊糊地看了看周末一眼，然後晃晃悠悠地起身，去了廁所。

沒一會，就傳來沖廁所的聲音，杜敬之洗完手就出來了。

周末一直盯著杜敬之看，表情緊張兮兮的，心裡更是七上八下，生怕杜敬之突然就炸了。

結果杜敬之上完廁所，就又回到床上躺下了，側著身，抱著周末的腰，繼續睡了。

周末長長地鬆了一口氣。

周末放下書，思考了好半天，還是決定幫杜敬之穿上睡衣。拿著睡衣，做賊一樣地幫杜敬之穿上，動作小心翼翼，那樣子真是這麼多年都沒有這麼提心吊膽過。

幫杜敬之穿好了睡衣，周末又弄了一個冷濕巾，放在了杜敬之的額頭上，怕杜敬之明天起來後會頭疼。同時還俯下身，動作輕緩地幫杜敬之揉太陽穴。

做完這些，已經晚上十二點多了，周末還是準備睡覺了。

把手巾掛回到洗手間裡，回到臥室，進入被窩，就覺得有杜敬之暖床，被窩裡都有種芬芳的味道，不由得一陣喜歡，抱住了杜敬之的身體。

「晚安，我的小鏡子。」他輕聲說道。

051

因為一整晚都在提心吊膽，一向睡眠品質很好的周末突然失眠了。

第二天一早，他早早就爬起來，去給杜敬之做早餐，然後思考著該如何應對接下來的修羅場。因為緊張，做好早餐之後，把早餐端進了臥室裡，然後坐在床邊等待杜敬之自然醒。

大概到了九點鐘，杜敬之才有了醒的跡象，先是迷糊地翻了個身，然後雙腿夾著被子，緩了一會神，才伸手在枕頭下面摸索手機。

「是九點十三分。」周末在這個時候提醒。

杜敬之的動作停頓了一下，然後收回手，又縮回到被子裡。

此時他的姿勢，臉埋在枕頭裡，頭髮向下垂著，上半身包在被子裡，雙腿伸出被子，正夾著被。

然後，抬起手來，看了看自己身上的睡衣，迷迷糊糊地問：「我昨天幾點睡的？」

確切來說，是晚上八點多。

劉天樂跟柯可是下午離開的，之後周末去收拾廚房，杜敬之一個人喝酒。在發現杜敬之醉酒後，兩個人在床上從五點鐘折騰到八點鐘，這才算是結束了這讓人記憶深刻的一晚。

不過周末沒敢回答實話，只是胡說：「六點多吧。」

「我沒吃晚飯？」

「嗯。」

「好餓啊！」杜敬之立即嚷嚷起來，然後用鼻子嗅了嗅，看向了周末，「做好早飯了？」

「嗯，已經做好了。」

「快給我，我餓死了，肚子裡面都要胃酸逆流了。」杜敬之說著，直接坐了起來，盤著腿坐在床邊。

周末趕緊把早餐端到了杜敬之面前，是簡單製作的三明治，牛奶是從保溫杯裡倒出來的，不過完全不夠杜敬之吃，他吃完這些，又從一邊拎過零食吃了起來。

一邊吃，一邊盯著周末看。

周末下意識地吞咽了一口唾沫，故作鎮定地安靜坐著。

「你怎麼穿上高領毛衣了？」杜敬之問周末。

「家裡有點冷。」

「我覺得這裡暖氣還挺好的……」杜敬之說著，拍了拍手，起身去了洗手間。

周末還真有點詫異，懷疑杜敬之是那種醒酒之後就什麼都不記得的人，不由得長長地鬆了一口氣。

杜敬之進入廁所裡，直接坐在了馬桶上，然後開始木訥地盯著一個方向，眼珠一動不動。好半天，他才抬起手來，去咬自己的指甲，顯得異常焦躁。又過了好一陣子，他才沖了馬桶，去洗漱，然後站在洗手台前，看著鏡子裡的自己，慢慢蹲下身，扶著洗手台長長地歎了一口氣，然後用額頭去撞洗手台。

死了得了。

沒臉見人了。

這他媽的叫什麼事啊。

就算喝了酒，也不能不要臉啊，昨天晚上……那哪是一個大老爺們能幹得出來的事啊。

一下又一下地撞，恨不得把自己沖進馬桶裡，跟著大便一起消失算了。

其實他很早就醒酒了，半夜迷茫地起來之後，就回過神來了，只是沒有鬧，而是躺在床上裝死。

喝酒的人是他。

耍酒瘋的人也是他。

這樣的情況下，難道要跟周末鬧嗎？明明周末才是最無辜的那個，估計已經很忍耐了，是他醉酒後沒羞沒臊地撩撥人家。

他只能這樣，裝成什麼也沒發生，周末也一定不會提起這件事情，就當什麼都沒發生過。

要淡定！

要淡定……

可是，完全做不到啊！

杜敬之羞愧得眼淚都要掉下來了，根本不知道該如何出去面對周末。

原本高冷的杜敬之，現在成了一個小浪貨。每天對周末表示嫌棄的杜敬之，現在成了那個盼著周末摸他親他的，不矜持的小鏡子。

臉紅得要炸了。

腦袋裡的腦漿都在沸騰。

調整了好一會，他才走出了廁所，路過露臺，就看到外面晾著的床單和被罩，不由得又是一怔，這個……要裝成沒看到嗎？

周末已經不在臥室裡了。

杜敬之朝樓下走去，就看到周末在客廳裡擺弄筆記型電腦。

他裝作不經意地問：「在做什麼？」

「把昨天的影片處理一下，發到微博上去。」

「哦，你弄吧。」

「小鏡子，你等一下。」周末叫住了杜敬之，對他招了招手，示意他過去。

他走到周末身邊，跟著他一塊坐在地毯上，然後周末給他看了兩份約稿：「又有工作了，這回的這兩份，一份是畫同人圖，一份是畫海報。我不知道他們一般都是什麼價格，所以讓他們自己報價，然後再在基礎上，適當加一點。」

「都給的什麼價？」杜敬之對這個還挺感興趣的，他最近確實想要賺錢。

「這個同人圖，討價還價半天，最後一個人物也只給了兩千三百元，準備讓你畫四個人物，其實就是兩個人，每個人兩種衣服，姿勢和臉是一樣的，一共是九千二百元錢。這個海報要求比較高，而且看著挺難的，我就要了一萬元，對方也同意了。」

杜敬之握著滑鼠，看著對方發的例圖跟要求，不由得有點納悶：「畫個海報我還能理解，可能是商用的贈品什麼的吧，但是這個……同人圖，是什麼意思？還……這樣？」

「據聽說是要印在抱枕上，真人身高那麼大，一面穿衣服，一面就是這樣的……而且這家是一家訂做店，會自己製作一些膠帶跟周邊物品，說不定以後可以經常合作。不過嘛，店主看起來是一個挺圓滑的人，說話很好聽，就是不加價。」

「你跟他們說了嗎？我的畫目前只能在現實裡畫完，然後掃描到電腦上。」

「都是能接受，我才跟你說的，等你學會用手繪板畫畫就方便多了。」

杜敬之繼續瀏覽著要求。

因為家庭他總是會自卑，低估自己的實力，對自己沒有自信，這樣能夠賺錢，都覺得要這個價格太高了，對方會覺得自己不自量力。

現在也是這樣，有人跟他約稿，他的第一感覺就是，我不行吧。

可是周末這麼辛苦地幫他更新微博，提升人氣，他卻這樣打退堂鼓，一定會讓周末失望。而且，他也真的很想讓自己變得厲害起來，他也希望可以賺錢。

現在這麼慎重地閱讀要求，就是怕自己不能完成，最後鬧得不愉快。

周末一直在看他，在這個時候從身後的沙發上取來了黑色的針織毯子，披在了他們兩個人的身上。

兩個大男孩就這樣聚在一塊，頭挨著頭，然後是周末溫柔的聲音：「如果是小鏡子的話，一定沒有問題，你還記得學校那個壁畫嗎，很多老師跟學生都說好看。」

提起這個，杜敬之也跟著感歎：「沒想到高主任還能給我獎金。」

「嘖。」周末在這個時候給高主任拆臺，「是學校找了專門的人畫，那麼大的面積，結果人家開價就是六千元起。後來就想著找藝術生，就當黑板報畫畫得了，結果你畫得太好，超過他們的預期，就給了你四千元獎金。」

「嘿嘿，其實我已經挺滿意了，完全當成了是意外之財。」杜敬之內心是滿足的。

「你啊，不該這麼想，按照你畫那個壁畫的水準，絕對可以要到上萬元。開始高主任給你兩千五百元，我給你申請到四千元的，說是你畫得非常辛苦，還浪費了好幾節自習課。其實本來申請的是五千元，高主任沒同意。」

杜敬之笑了起來，一拍大腿，直接說道：「行，這工作我接了，就算最後不滿意，也可以不要錢，或者降價，就當練習了！」

「這麼想就對了！」周末攬著杜敬之的肩膀，直接在他的臉頰親了一下，然後抱著他，把手伸進他的衣服裡胡亂地摸索，還忍不住感歎，「和小鏡子在一起真是太暖和了。」

他被摸得有點不自在，卻沒說什麼，估計因為昨天晚上的事，周末之後會更加放肆了，這又有什麼辦法呢。

不喝酒唄。

之後，兩個人在客廳裡又膩歪到了中午，一起做了一頓午飯，周末也編輯完了那段影片，發到了微博上。

吃完飯，兩個人開始收拾東西，準備回去。

該斷電的地方斷電，該收拾走的垃圾收拾走，在周末去收拾床單進來的時候，杜敬之故意避開了。

兩個人拎著剩餘的零食跟帶來的一些東西直接坐在了車上，周末探過身來，幫杜敬之繫安全帶。

「你這麼浪費時間，沒有複習，期末考試能行嗎？」杜敬之坐在車上，手裡還拿著一包洋芋片，津津有味地吃著。

「有複習。」周末啟動了車子，車子緩緩地行駛，接著是周末的笑聲，以及回答，「你老公我腦子聰明，就算談戀愛，減少複習，也不會有所耽誤。」

「你期末成績如果下來了，我就揍死你。」

「其實你大可放心，我以前不也經常陪你？現在我只是用了以前想你的時間來陪你，用以前自己休息的時間，幫你弄微博。」

杜敬之隨便應付了幾句，打開手機，立即收到了柯可發來的消息：杜哥，你實在太可愛了！

敬而遠之：何出此言？

瓔珞琉璃：微博上發的相片啊！三張吃小龍蝦時的照片，一張穿花睡衣的照片。原來你平時穿這樣的睡衣啊，看起來像女款，我們學校後援團裡都人手一份了。

敬而遠之：花睡衣!?女款!?

052

瓔珞琉璃：對啊！粉色碎花的睡衣，你還擺一個剪刀手，笑得特別甜，特別可愛，我覺得要是再紮兩個小揪揪就更有意思了！

敬而遠之：是……今天早上發的微博？

瓔珞琉璃：是啊。

敬而遠之：相片一定不要給劉天樂。

瓔珞琉璃：呃，他已經看到了。

敬而遠之：不要告訴我，他的反應。

瓔珞琉璃：天樂也沒有什麼特別的反應，只不過是用「哈哈哈」刷了三個螢幕，一個三中的學生，語言能力怎麼這麼匱乏呢。

什麼叫羞愧到七竅生煙？

先是昨天晚上喝醉酒後，那不知羞恥的欠幹模樣，現在又把他穿碎花睡衣的相片公之於眾了？

他扭頭看向周末，發現周末還在淡定地開車，不由得有點火大。

他突然想到，周末去了杜姥姥那裡，不知道怎麼搞的，居然從杜姥姥手機裡拿到了他的照片。其實杜姥姥照的相片他都沒看過，根本不知道是個什麼樣子，只是光想像就能想到……絕對是魔幻級別的難看。

他要炸裂了，現在能夠保持最後的理智，就是從周末的口袋裡摸索出手機，打開螢幕，看到居然有密碼。他試了一下周末的生日，結果不正確，又試了一下自己的生日，還是沒進去。

思考了一下，輸入了兩個人互相表白的日期，果然進去了。

周末探頭看了一眼，然後笑了，感歎：「喲呵，還猜得挺準。」

他沒心情理周末，只是打開相簿，看到了相簿裡的他花睡衣的相片，棕色的頭髮差點立起來，估計比上次特意熨過還爆炸。

這張相片完全是靠他的顏值在支撐。

睡衣是杜姥姥的，他因為瘦所以穿得進去，袖子不夠長，褲腿不夠長，就是湊合穿著。不過這謎一樣審美的粉色碎花，蕾絲花邊，看起來真的是……像個色彩斑斕的麻袋。

然後他也沒怎麼擺姿勢，就是靠著床頭，斜著身子。因為家裡暖氣熱，面色紅潤有光澤。那個剪刀手也顯得傻裡傻氣的。

他放大了相片，去看自己的臉，這才暗暗鬆了一口氣。

他的顏值倒是一直都線上，而且三百六十度無死角，因為是故意在微笑，笑容十分不錯。相片最讓他難受的是那遮擋不住的傻氣，還有就是那件睡衣，以及橙黃色印百合花的床單。

這種顏色搭配，讓他想到了什麼，立即去看吃小龍蝦的相片，也是這個色系的。橙黃色的衣服，色彩偏紅色系的小龍蝦，估計看預覽圖的時候，是同一色系，所以被周末當成一組圖給發了上去。

加之周末早上屬於精神高度緊張的狀態，會心不在焉也不奇怪。

雖然能夠想明白，但是不說明他能輕易原諒。

他歎了一口氣，努力讓自己平靜：「到家之後，我們談一談。」

「嗯？談什麼？」

「比如，粉色碎花睡衣剪刀手的照片。」

「呃……」

「回家以後，我給你三十秒鐘的時間說服我，不然。」說著，在自己的脖子上比畫了一下，「滅口。」

周末開始沉默地開車，因為車上還有杜敬之，所以開車一直很小心，技術雖然到不了能飆車的地步，卻也很穩，加之假期道路上車不算多，回到家裡還算是順利。

兩個人提著東西，一前一後地回家。

進屋之後，杜敬之淡定地打開周末房間裡的電腦，然後讓周末打開微博。周末聽話地打開，滑鼠往下一拉，看到了早上發的幾張相片，點開，看到了粉色碎花睡衣的照片，周末立即吞咽了一口唾沫。

滑鼠「啪啪」兩下，就把微博刪除了。

「我不是故意的，這個……這個……手誤。」周末扭頭跟杜敬之解釋。

「我看你是手殘加腦殘。」

「嗯，我身堅智殘。」

杜敬之這回終於忍不住了，直接朝周末踹了過去。

周末動作也十分俐落，直接蹦了起來，躲開了，對杜敬之抬起手來示意：「停停停，等一下。」

杜敬之點了點頭：「好，答應過你三十秒，現在開始計時。」

周末立即開始在包裡翻找東西，最後從包裡掏出了兩包泡麵來，放在了床上，問：「跪這個行嗎？」

「行啊！你如果壓碎一塊，我就揍你一天，你自己跪完數給我看。」

「裡面原來就有碎片，而且，打我多累啊，這不是折磨你自己嗎？」

「那就碎一塊，咱倆就冷戰一天，跟你說話我是你孫子！」

「還是打我吧！小鏡子不跟我說話，我能難受死！」

「我不管。」

周末立即苦著一張臉，脫了鞋子上床，到了泡麵前，象徵性地一跪，其實雙手支撐著，根本沒碰到泡麵。

杜敬之直接喊了出來：「把手舉起來！」

周末不情不願地舉手，然後就聽到了膝蓋壓到泡麵「嘎擦嘎擦」碎裂的聲音，猶如他心碎的聲音。

周末預料到了，這一天會不太平，他恐怕要十分艱難才能哄好杜敬之。只是他沒想到，居然不是因為昨天晚上的事，而是他的失誤。

杜敬之聽到泡麵碎裂的聲音，就不再理周末了，到電腦前坐下，看到了一排私訊。

睡遍滿漢全席：敬兒！相片居然刪了！其實那張相片超級可愛！

睡懶覺是朕的最大愛好：敬兒你是在自黑嗎？我居然因為這件接地氣的睡衣，升級為你的腦殘粉了！

穿大棉襖的鯨魚：大大！相片能重發嗎？我居然沒存！懊惱不已。

周末看杜敬之不理自己了，就調整了一個姿勢，只是跪坐在床上，把泡麵推得遠了點，繼續跟杜敬之解釋：「小鏡子，我真的不是故意的，我就是發個相片，可能是看錯了，錯發上去了。」

「……」杜敬之不理他。

「小鏡子，我只是想珍藏那張相片，覺得你特別可愛，是生活裡的你，沒想過要上傳，真的是失誤。」

杜敬之依舊不理他，而是在自己的手機裡翻找相片，然後在電腦上插上傳輸線。

他打算破罐子破摔了，反正相片已經發了，後援團已經人手一份了，劉天樂已經刷屏「哈哈哈」了，粉絲已經對他刪掉微博表示抗議了，他也就無所謂了。

從手機裡傳了了兩張平時的照片。

一張是他覺得最帥的一張，周蘭玥偷拍的。

相片裡他披著黑色的羽絨服坐在班級裡，裡面還穿著校服，正在寫練習冊。不得不說周蘭玥人雖然古怪，照相水準真是一流，直接把他最出眾的地方拍出來了。

相片裡他頭髮是棕色的，十分明顯，襯著白皙的臉頰，因為在低頭，低垂的睫毛都看得格外清晰，高挺的鼻尖形狀十分好看。

反正在杜敬之看來，這是一張他看到都要愛上他自己的相片，專注、認真、睫毛殺、一雙手也被完美展現。

之後一張相片是正臉，他在吃飯的時候，周末拍的。沒有特殊的造型，就是一手拿著冰沙，一手隨意地搭在桌面上，看著鏡頭。嘴角微微仰著，眼睛含笑未笑，有一種說不出的迷人感覺。

兩張帥照，配上兩張粉色碎花配蕾絲邊的睡衣的相片，一齊發到了微博上，配上一行字：平時的我&在姥姥家的我。

發完照片，一回頭，就看到周末坐在床上，已經撕開了泡麵的袋子，開始乾嚼泡麵，注意到杜敬之忙完了，這才笑著說：「你先忙你的，我先把證據消滅了。」

杜敬之簡直被周末氣笑了。

周末認錯態度以及速度都很好，說跪就跪，跪完還耍無賴，簡直一點原則都沒有，他怎麼就喜歡上了這樣一個無恥的人？

可能是因為長得不錯？

可能是因為腿長？

或者是因為性格挺溫柔，對他挺好的？

他還是不想理周末，扭頭去看微博，沒想到這麼快，就有了挺多回覆跟轉發。

他先是看了一下粉絲，注意到粉絲已經在不知不覺間漲到了九千多，再去看自己微博裡的評論。現在讓他覺得心裡滿足的是，他的畫漸漸開始被人關注了，湊齊九張畫的微博已經被轉發了九百次，評論也大多是讚美。

再看他發的影片跟相片，數量基本跟這個數持平。

他記得曾經看過一個段子，不知道是真是假，卻記憶猶新。

有一個外國女藝人，一直喜歡唱歌，可是中規中矩地唱歌，始終沒有人關注她，她也一直不紅。於是有一天，她脫掉了衣服，光著身子上了台，演唱了一首歌，所有人都看向了她，她也因此得到了關注。

也因為這個，這個女藝人一直的扮相都十分有個性，有種奪人眼球的感覺。最開始，的確有不少批判的聲音，不過，她真的成功了，還成為了一個風向標，近期更是風靡全球。

杜敬之也明白這個道理。

老老實實地發自己的畫作有可能會紅，但是速度太慢，需要累積。他這樣發一些其他的東西，可以得到關注，最後，這些關注他的人會驚奇地發現，這個人不僅僅是有漂亮的皮囊，還有真正的才華。

然後，粉絲就可以固定下來。

兩張醜照而已，不算什麼。

不算什麼……

不算什……

不算……

他媽的！怎麼可能不算什麼！

杜敬之直接拔下鍵盤，回身朝周末砸了過去。

周末被杜敬之的突然爆發弄得措手不及，抬手就去擋，手裡的泡麵袋成為了替死鬼，被拍飛了出去，掉落在地面上，撒了一地。

周末趕緊起身，在屋子裡來回躲閃，杜敬之則是舉著鍵盤一個勁地追趕。

最後周末乾脆抱住杜敬之，死不鬆手：「杜哥、杜哥，消消氣。」

每次惹了杜敬之，周末就會自己換稱呼，也不管兩個人究竟誰年紀大，直接就喊「杜哥」，可以說是非常沒有原則的人。

「我可以不狂霸酷炫跩！但是不能不要面子！穿個女款睡衣，還是蕾絲花邊的，你讓我怎麼見人？啊!?劉天樂都看到了，那傢伙肯定第一時間分享給黃胖子，黃胖子這傢伙一定發給群組，我以後怎麼做人？三中扛霸子，就是穿蕾絲睡衣的人嗎!?」杜敬之把壓抑在心中的憤怒發洩了出來。

杜敬之說著，就去扯周末的臉，把周末的臉拉扯到大餅的程度：「你讓我丟臉，我就讓你臉腫。」

周末的臉被扯得特別疼，於是只能把夾在兩個人中間的鍵盤扔到一邊，然後抱著杜敬之，直接把他扔到了床上。

在周末跟著上床的時候，還在揉自己的臉，感覺都被揪麻了。

周末跨在杜敬之的身上，掀起杜敬之的衣服，去親他的肚子：「親親你，不生氣。」

杜敬之直接一個剪刀腿，把周末夾住了：「你別想矇混過去。」

「沒，我在誠懇地道歉。」

「你道歉做這事？」

「嗯嗯，做你喜歡的事。」

杜敬之要炸！

周末這傢伙是哪壺不開提哪壺！

杜敬之確實喜歡周末親他，跟他親近，但是不證明現在周末提起他還能淡然，這簡直就是雙重刺激。於是他拽住了周末的衣服，讓周末俯下身，然後自己抬起頭，用頭狠狠地朝周末的頭撞了過去。

緊接著一個翻身，將周末壓在身子下面，去咬周末的耳朵。

周末被他咬得忍不住叫了幾聲，他這才甘休，心情好了些，在周末的嘴唇上親了一口，然後說道：「把你幹得嗷嗷叫，我還真是心情好了點。」

他從床上爬了下去，撿起鍵盤重新插上，繼續去看微博，最近的微博他都沒怎麼仔細看過。先點開他吃小龍蝦的影片，自己先看了一遍。

周末果然很敬業地把其他幾個人都打了馬賽克，不過馬賽克是每人都被一隻帶白邊，圖都糊了的小龍蝦擋著臉，看起來十足的彆扭，影片看起來也有種很粗糙的感覺，偏偏這樣，也有人看。

影片裡截取了幾段，大多時候是幾倍加速的狀態，不適合放出來的對話，就用「嗶——」來帶過去了。

影片裡他主要幹的事就是：刷小龍蝦殼，唯一留下的對話就是他跟劉天樂那句關於腦袋進屎，長出金棕色頭髮的調侃。

然後就是他吃小龍蝦，從開始到結束，他一直在津津有味地吃，偶爾笑一笑，跟身邊的人聊天。點開評論，他還覺得挺有意思的。

小花花：我居然用八分鐘的時間，去看一個人吃小龍蝦，只是看著一個人的日常，內心竟然是滿足的，就好像我也吃了一大堆的小龍蝦。

阿毛是隻小喵嗚：我有種偷窺了心儀男生日常生活的滿足感，有點羨慕那個唯一的女生，能看到三隻活的。

小仙女最最：只有我注意到，之前幾個影片畫外音的男生跟敬兒穿的是情侶裝嗎？而且看起來身材很好，手也很漂亮，標準的男友款大手！

月白：樓上你不是一個人！而且畫外音帥哥一直在照顧敬兒，那根本就不是普通朋友的感覺！

蒻容：敬兒居然……這麼能吃！明明那麼瘦！PS：突然想吃小龍蝦了。

阿吒：我被這個帥哥的食量震驚到了！

Manjusaka：同樣吃這麼多，我可能會成為一百公斤的胖子，然而敬兒還是這麼瘦！我也想要一個沒良心的肚子！

看了一會評論，他才覺得好多了。

關掉微博，他回頭瞪了周末一眼，發現周末正蹲在床邊，委屈地收拾著泡麵殘渣。他記得周末不喜歡吃這些東西，零食都很少吃，這次願意乾吃泡麵，也是滿拚的。

不過他還是沒理，走到床邊，拿起自己的包，隨後拿走了周末的筆記型電腦，說道：「我回去研究最新的約稿跟手繪板了。

「嗯，之後不許不理我。」周末回答，語氣明顯在撒嬌。

「再議吧。」說完，遲疑了一下，還是從正門走的，因為鞋子還在樓下。

回到家裡，他還特意看了一眼約稿的要求，覺得海報是可以畫的，但是那個同人圖要求的尺寸特殊，他得去再買幾張紙，回來自己剪裁後才能開始畫。

其實坐下來心平氣和地想，周末為他做得已經夠多了。

周末幫他註冊微博，努力地提升人氣，還幫他招攬來了幾份約稿，這些杜敬之還沒感謝周末，就因為周末錯發一張相片跟周末大發脾氣，是不是有點不對勁？

他越想越覺得自己有點過分，然後拿起手機來，打開簡訊，想給周末傳一條訊息。編輯了好幾個版本，最後都沒發出去，還是把手機放回到口袋裡了。

扭頭朝周末房間的方向看了一眼，突然靈機一動，從櫃子裡找出黃雲帆貢獻給他的電棒捲，去了洗手間，把自己的頭髮再次熨成爆炸式，然後回到房間，用手機自拍。

他的手機是滑蓋式的諾基亞，只有一個後相機，拍照並不方便，需要鏡頭朝自己盲拍，然後轉過手機來看相片。

拍了大概有十分鐘，他才拍了一張看得順眼的，然後用傳輸線把相片傳到了電腦上，在相片下面加了一行字：氣到河豚炸的小鏡子。

相片裡，他還故意賣萌嘟嘴，配上這麼一行字，看起來還挺和諧的。

修改完後，把相片發給了周末。

原本以為周末不會注意到，應該在狂補作業，結果周末居然秒回了：我想看真人版的。

敬而遠之：你說過，看到我這個髮型，你都硬不起來了。

周末：我錯了，你什麼樣我都能硬。

敬而遠之：這是學生會長能說的話嗎？

周末：在你面前不是學生會長，是色腿。

他看完這行字，忍不住笑了，然後回覆：行了，你寫作業吧，我也要補作業加畫畫了。

回覆完，又等了一會，周末才回覆：看完了，好了，你忙吧。

杜敬之差點吐出一口血來，朝窗外看去，根本看不到周末剛才過來過的痕跡，不過還是抬手揉了揉自己的刺蝟頭，忍不住笑了。

第二天到學校，杜敬之進入教室，就看到劉天樂竟然在跟周蘭玥聊天，兩個人拿著手機，笑得特別賊。

其實這兩個人坐同桌有一陣子了，溝通真的少得可憐。

劉天樂是那種不願意熱臉貼冷屁股的人，看到周蘭玥那樣，就不願意主動說話，所以柯可那種會主動說他帥的女生，特別合適劉天樂。

周蘭玥也是那種性格古怪，看起來比較內向，特立獨行的女生。

他們倆這樣湊在一塊，讓杜敬之有種不祥的預感，總覺得他們是找到了某種共同話題，不然不會笑得這麼淫蕩。

杜敬之故作沉穩地走進教室，剛把椅子搬下來要坐下，劉天樂就跟周蘭玥一起回頭，對他擺了一個剪刀手。

他看著兩個人整齊劃一的動作，掄起椅子就要朝兩個人砸，劉天樂趕緊站起身來扶住了椅子的另外一端，開始求饒：「杜哥，別這樣，有話好好說。」

他把椅子放下，剛坐下沒多久，黃雲帆就進了教室。

黃雲帆剛進來，看到杜敬之就開始大笑，一邊笑一邊說：「我靠，杜哥，杜哥，你真厲害！真的，哈哈哈，我昨天都他媽要笑瘋了！你原來這麼悶騷，你這屬於內柔外剛嗎？」

他面無表情地看著黃雲帆，黃雲帆卻沒甘休，直接走到了他身邊，放下了自己的椅子坐下，一邊狂笑一邊拍他的肩膀，繼續說：「杜哥，你在家是穿這種睡衣的？品味不錯啊，自己挑的還是家長給買的？以後你過生日，我送你幾身更性感的。」

杜敬之跟著黃雲帆一塊笑，然後活動了一下手腕，直接伸手抱住了黃雲帆的腰，愣是把黃雲帆給抱了起來，往窗戶邊一送，說著：「自己開窗戶出去！」

黃雲帆被杜敬之這麼大的力氣震撼到了，頭撞到窗戶才回過神來，一個勁求饒，然後叫劉天樂：「過來幫我啊！」

「不敢，我怕杜哥連我一塊扔。」劉天樂倒是往後退了幾步。

杜敬之跟黃雲帆又鬧了一會，最後還是七班班長訓了幾句，他們才消停，又回了座位。

結果幾個人剛坐下沒一會，劉天樂就又開始笑了。

這笑似乎能傳染，周蘭玥跟黃雲帆一塊跟著笑，還都裝成一副在認真看書的樣子。

杜敬之氣得眼冒金星，憤恨地朝窗外看，就看到周末拿著本子在檢查掃地區，似乎還挺冷的，整個人都縮進了羽絨服裡，戴著手套，艱難地寫著字。

學生會這工作，也挺辛苦的。

過了一會，他就收到了周末發來的訊息：感謝昨天不扔之恩。

得了，剛才要扔黃雲帆出去的畫面被周末看到了。

054

到了午休時間，杜敬之就聽到消息，學生會那邊鬧起來了。

他特意跑到德育處門口逛了一圈，從小窗戶能夠看到高主任正在跟學生會的幾個成員談話，其中就包括柳夏，並沒有看到周末。

他取出手機給周末傳訊息，問：你那邊什麼情況？

周末很快就回覆了：在想你啊！

杜敬之：我是問你學生會的事。

周末：哦，就三個人申請要退，高主任正在說服他們。剛才高主任跟我單獨談過，我表示，他們退出我無所謂，並且遞交了推薦名單。

杜敬之：這件事情，對你有影響沒？

周末：挺煩的，懶得看這群戲精給自己加戲，還非得在我面前得意。

說話的時候，學生會的幾個人已經走了出來，往樓下去了。

杜敬之看了他們幾眼，想找碴，仔細想想還是放棄了，看著手機訊息，走回到自己班級，剛進去不久，就有人把劉天樂叫走了。

黃雲帆不知道怎麼回事，拿著鏡子就追出去問是怎麼回事，弄得來叫劉天樂的學生都淩亂了。

「沒事，哥們要最後帥一把，去學生會玩玩。」劉天樂笑呵呵地對黃雲帆說，然後又對杜敬之飛了個眼，就去了學生會辦公室那邊。

「我靠？」黃雲帆一臉錯愕，總覺得最近的日子過得莫名其妙的，身邊的事情變得玄幻起來了。

周末坐在學生會辦公室裡，面前放著一堆東西，退出學生會的三名學生在跟他做最後的交接。

周末依舊是淡然的模樣，只是每個人問了一下進度，之後就表示：「之後接替你們位置的人，會找你們交接這些工作。」

王悅雙手環胸：「我們期末還得複習呢，不然幹嘛退出，現在你就把這些瞭解完了，之後的人找你交接就行了，別找我們來，麻煩。」

周末抬起頭來，看著王悅說道：「一直都說，長得醜的人性格一般都不錯，怎麼妳就不是呢？」

王悅一聽，直接怒了：「周末你什麼意思？」

「妳照照鏡子，就懂我的意思了。抱歉，我不是什麼聖人，會給你們幾個人無條件地擦屁股，收拾爛攤子，自己丟下的工作沒完成，需要由別人替你們完成，那就低聲下氣，表現出歉意，還能保留一絲人性，你們這麼理直氣壯，怪不要臉的。」周末說的時候，依舊是微笑著的模樣，說話幾乎沒有停頓。

在一邊整理東西的程樞聽完，嚇得差點打嗝，完全沒見過周末這樣。

不過仔細想想，也真是這群人莫名其妙，討人厭，周末碰上這種事情不生氣，那真就是一點性格都沒有了。

都說抬手不打笑臉人，周末就是這樣笑迷迷地罵人，人身攻擊說得還特別漂亮。

程樞突然覺得，周末這個人，嘴炮也挺厲害的。

王悅氣得幾乎發抖，直接指著周末鼻子咆哮：「我們退出學生會是因為什麼，你自己心裡沒數嗎？」

「因為我無論如何也喜歡不上這位柳同學？因為我拒絕了這位柳同學？我真想不明白，為什麼我給這位柳同學留臉面，她偏偏不要臉呢。」說著，扭頭看向柳夏，直接問，「妳這樣糾纏不休一點都不夠優雅，完全就像一隻發情期的母豬，看到人就開始哼哼。妳鬧這些能有什麼用呢？讓我對妳記憶深刻？可我只會越來越厭惡妳。」

柳夏原本一直站在王悅身後，一直沒有出聲，看周末的眼神還有點複雜，聽到周末這麼說，強忍著的眼淚就又掉了下來。

看到柳夏哭，王悅直接罵人：「你這人太噁心了，怎麼能對女生說這麼過分的話？」

「說真的，妳說話的時候總喜歡嚷嚷，就像一個市井潑婦。或許吧，長得醜不是妳的錯，但是這麼尖酸刻薄就有點讓人難以接受了，不由得讓人覺得，相由心生。我第一次拒絕的時候她就放棄，現在根本不會這樣。」

周末說著，把手裡的東西往桌面上一丟，似乎也極為不耐煩，下意識地扯了扯自己的毛衣領子。

劉天樂一直笑呵呵地站在門口聽他們說話，在這個時候看向周末，忍不住吹了個流氓哨，然後走了進來：「周會長，都知道你談戀愛了，但是能不能收斂點？這脖子……有點小羞澀啊。」

周末這才反應過來，將高領毛衣調整好，故作平靜地對劉天樂說：「你之後就跟他們三個交接工作，還有一個人配合你做工作，下學期會再提拔一個高一學生來。」

「行……」劉天樂還想說什麼，就看到柳夏哭著跑出了學生會辦公室。

柳夏覺得，這個學校她都待不下去了。

她從小就長得漂亮，家庭條件也不錯，周圍的人也都善待她，讓她性子有點刁蠻。她瞧不起追她的那些男生，長得那麼醜，還沒有什麼發光的地方，真是沒有自知之明，癩蛤蟆想吃天鵝肉，真是不要臉。

黃雲帆就是被她嫌棄的男生之一，她戲耍了黃雲帆一陣，後來被杜敬之罵了才收斂了一些。

柳夏覺得，學校裡就只有周末能配得上她。

周末就像高嶺之花，雖然為人親和，卻帶著生人勿近的氣質，明明人緣很好，但是跟他關係真正好的人，只有程樞一個。

之前姊姊跟她感歎過，到了大學裡，長得帥的男生就越來越少了，有帥哥就要在高中預定了。她也覺得能跟喜歡的人一起努力，然後考上同一所大學，是一種很浪漫的事情。

她把周末的相片給姊姊看，姊姊也說周末特別帥，讓她產生了一種虛榮心，暗暗下定決心要追到周末。

被拒絕她沒有灰心，覺得周末只是不想分心，想要認真讀書。後來聽說周末談戀愛了，她依舊不信，覺得周末是胡亂編了瞎話來騙她，讓她死心的，結果今天看到了周末脖子上的草莓印，這才真的信了。

周末居然用那麼厭惡的神情，說出那樣羞辱她的話來，如果不是被氣壞了，周末這樣的人是不會

輕小說新星
碰碰俺爺
韓國知名
手遊繪師
woonak
華麗奇幻腐系力作
12冊好評熱銷中
MISFORTUNE † SEVEN
夜鴉事典
三日月書版
三日月書版 facebook 粉絲團
《夜鴉事典》©碰碰俺爺/woonak/三日月書版2021

三日月書版 三日月書版 facebook 粉絲團 《夜鴉事典》©碰碰俺爺/老大/三日月書版2021

說出這樣的話來的。

她長這麼大，從來沒被這麼對待過，突然覺得特別難過。曾經她也這麼說過追求她的男生，那個時候沒覺得有什麼，現在被人這麼對待了，才發現居然是這麼難過，羞愧得幾乎成了心理陰影。

有一種心情，就是覺得錯過這個人，恐怕就不會遇到更好的了。

結果透過不懈的努力後發現，努力地倒追，最後只是讓那個人更加厭惡自己。柳夏恨不得跳出窗外，卻還是忍住了，她知道，她現在做什麼都是錯的，在周末看來，就是一種無理取鬧的狀態，會更被討厭。

現在，連哭都是她的錯。

劉天樂拿了一些文件回了教室，一進去就對杜敬之感歎了起來：「唉唉，人不可貌相啊……」

杜敬之正在用速寫本畫負能量小漫畫，忍不住問他：「怎麼了？」

劉天樂注意到周圍沒有人看他了，這才湊過去跟杜敬之說：「周末這個人，根本沒有表面那麼純良。」

杜敬之微微蹙眉，他很早就有過這種感覺，莫名地就覺得周末一直在偽裝自己，他實際上並不是這樣的。比如杜衛家怕他，比如謝西揚怕他，那模樣就好像在躲避一隻野獸。

不過，杜敬之也明白，懼怕周末的人，沒有一個是一點毛病都沒有的人，這兩個，都是人渣。

周末這個人，懶得給自己結仇，但是真招惹他了，也討不到好。

或者說，周末針對的人，都招惹過杜敬之。

「發生什麼事了？」杜敬之問劉天樂。

劉天樂先把去學生會辦公室聽到的事告訴了杜敬之，然後說了起來：「這傢伙給我的感覺就是……渾身不舒服，如果不是因為你，我絕對不會跟他這樣的人交往。」

「怎麼讓你不舒服了？」

「太聰明。」

「這也算？」

「我這個人吧，就喜歡簡簡單單的，你跟黃胖子這樣，在一塊輕輕鬆鬆的，沒什麼勾心鬥角和算計。但是周末這個人呢，記牌，還計算牌，還不給我面子，打了那麼多把撲克，硬是讓我跟我媳婦一把沒贏，真是……」

「我操，你就因為這個？」

「不是，就是給我的感覺是，跟他在一塊的話，他一定會算計得十分精明。然後，只要他想贏，我就毫無勝算。有的時候看他笑，我都覺得背脊發寒。」

劉天樂說完，杜敬之突然沉默下來，看著自己的速寫本，陷入了沉思。

見他這樣，劉天樂立即打哈哈：「你也別往心裡去，我就是說說我的想法。」

「嗯，知道了。」杜敬之回答了一句，之後就繼續畫畫了。

因為劉天樂的話，杜敬之直到回到家依舊沒有緩過神來，一直若有所思，卻一直想不明白。

木訥地打開筆記型電腦，打開微博，想看看有沒有什麼有趣的留言或者新的約稿，結果一打開就愣了。

粉絲突然暴增到五萬多！右上角的消息提醒數字還在不停地變換著，一點點地增加，真的是以肉眼可見的速度。

他心裡咯噔一下，想著不是出事了吧？趕緊去看消息提醒，想要看看是怎麼回事。

055

有的時候，有些事情真的是有心栽花花不開，無心插柳柳成蔭。

杜敬之回到家裡看到微博這些消息提醒突然就回了神，不再去想其他的東西，精神百倍地研究起究竟發生了什麼事，用了一個多小時的時間，才算是弄明白了究竟是怎麼一回事。

其實挺簡單的：他一夜爆紅了。

最開始是他發了一個自黑的微博，只不過是想盡可能挽回點顏面來，然後有粉絲存了他的兩張帥照。

微博裡有一個話題活動：#尋找身邊的校草

有一個叫「吃屎改變命運」的網友發了一條話題微博，附上了杜敬之那兩張算是帥的相片，加了文字：我心目中的校草就是醬的！

杜敬之看到這個名字直接笑出聲來，怎麼想的呢，起了個這樣的名字，還真挺讓他印象深刻的。

這條話題微博被主持人置頂了，很快就有幾千條轉發以及評論。

他看了一下，評論也挺歡樂的。

施無安：沒有錯，我心目中的校草，就該是這種乾乾淨淨的樣子。

斷背山下百合花開：感覺我夢中的白馬王子出現在了現實裡。

荼蘼：這個好像是吃「複雜麵」的小哥啊，微博傳送門：@杜敬之。

汝塵肆：臉好好看！手也好看！啊啊啊啊！還有種壞壞的感覺，怎麼可以這麼棒？

Meu：點開大圖的瞬間，心臟遭遇暴擊。

哈桑：發我男朋友敬兒的相片，經過我這個正牌女友的允許了嗎？

未時：感覺好嫩啊，小鮮肉，長得好好看。

看著評論，杜敬之一直笑迷迷的，偶爾看到一條罵他娘炮的，他也選擇性無視了。看了一會，他伸手拿來鏡子，看看鏡子裡的自己，揚了揚眉，心情愉悅地說：「眼光好的人怎麼這麼多呢，哎呀，帥得造成轟動了。」

自己誇完，又沒忍住，嘴巴「噗噗噗」地笑了半天，也覺得自己挺不要臉的，這才又去看自己的那條微博。

因為這條話題微博，不少人從傳送門到了杜敬之這裡圍觀，然後就看到了他最新的那條自黑微博，不少人被他逗得不行，把這組相片當成哏圖的微博轉發了，轉發配上的文字大多沒什麼新意，都是一排排的：哈哈哈哈哈哈。

後來，被幾個娛樂性質的大V微博轉發了，這一下子，一下引起了熱度，上了頭條。

這個時期的微博，還不是百花爭豔的時候，一條頭條微博能停留很久的時間。還因為上了頭條，引來新的關注更多了，讓熱度一直保持著。

他在這個時候去打開熱門微博的時候，發現自己的那條微博還在第三的位置，上面倆都是明星，讓他震驚不已，還很雀躍地截圖紀念了。

在這之後，他再去看自己的那條微博的內容，這回就更亂套了。

因為上了頭條，就會冒出各路人，什麼樣的人都有，褒貶都有。杜敬之看幾條，就要暗暗跟自己說：別生氣，別理這些傻子，他們是嫉妒你的帥。

未時：從校草微博裡過來圍觀的，哈哈哈哈，小哥好逗！

Feathers：系統自動轉發加關注。

諳序：因為校草照轉粉，因為自黑照愛上敬兒了！敬兒真的好可愛！

百鬼之行：就一個傻子，帥個蛋喲？

枝頭青杏：特意去微博裡逛了一圈，畫畫好好看，抱緊敬兒小細腿，以後一定能成神。

犯罪級帥氣：眉眼挺秀氣的，就是跟我比差了點，哈哈哈哈。

白山山：驚於容貌，陷於才華。

敞篷車：帥個瘠薄啊？這是男人該有的樣子嗎？也就是個傻娘炮，給男人們丟臉。

杜敬之特意點進了幾個說他二逼、娘炮的人的微博，進去看到他們這些人的相片，心理就平衡了，覺得自己的後腳跟都比他們帥。

站在什麼位置上，就要經受什麼樣的風浪，這樣才承受得起這些誇讚。

杜敬之第一次受關注是被七中貼吧事件鬧的，那個時候他還算平靜，至少沒人罵到他面前來，也沒罵得那麼難聽。

現在就是得到了大量的關注，也引來了大批量的詆毀，讓他有點不能很快調整過來心態。

煩躁了一會，他才刷新了一下微博，懶得仔細去看其他的評論了，怕壞了心情。

隨便掃了一眼，微博粉絲已經到了六萬。

他伸了一個懶腰，直接把海報的草圖勾勒完畢了，照了一張相片，給約稿人發了過去，等了一會，約稿人就發來了一大篇需要修改的要求。

他都仔細看了，然後進行修改，改了之後，再次發過去，過了一會，又收到了一批修改要求。

看完要求，他突然有點焦躁了。

先是被一群人罵，讓他心態有點不對了，現在又這麼連續修改東西，讓他來了點脾氣，畢竟本來就不是一個脾氣很好的人。

他站起來在房間裡掐著腰，來回走了幾圈，突然抬起手來捶自己的胸口，進行自我安慰：「要虛心，不能生氣，你現在還什麼都沒有，沒有耍大牌的資格。」

他調整好心態，又開始勾勒草圖，要比之前認真了許多，來回斟酌自己的構圖，還有細節。專注下來之後就發現，時間過得特別快。這次勾勒完畢，他再次傳給了約稿人。

過了大約十分鐘，對方回覆：非常不錯！超乎預料。

他剛高興一會，對方就又回覆了：不過我希望再加點東西。

他看著螢幕，突然覺得能被誇獎就已經滿意了，加點東西也無所謂，這種狀態以後也許經常會有，習慣就好了。誰賺錢都不容易，現在他算是體會到了。

按照約稿人的要求，加了東西之後，對方終於滿意了：挺好了，我明天把定金轉給你，然後你開始上色吧。今天先到這裡，已經挺晚了，晚安。

杜敬之：晚安。

確定完稿子，他伸了一個懶腰，再次打開微博看，看到粉絲已經六萬五了。

他突然有點興奮，之前被人罵的失落已經放下不少了，現在只有粉絲暴漲，人氣提高的興奮，似乎覺得這樣之後他的約稿價格能提高不少。

他看著筆記型電腦螢幕傻笑了半天，然後就起身，披上外套打開露臺門，跨過圍欄去了周末家。

周末一向不反鎖露臺門，隨時歡迎他過來，他也沒猶豫，直接開門走了進去。

周末似乎剛洗完澡，頭髮還是濕的，肩膀搭著一條毛巾，嘴裡正叼著一袋鮮牛奶，坐在椅子上剪腳指甲。

但是杜敬之有點尷尬，因為周末已經換上了睡衣，領口的扣子敞開，露出脖頸跟鎖骨的位置來，那裡有成片的草莓印。

他遲疑了一下，開始裝瞎，一副什麼都沒看到的樣子，問：「你看到我微博了嗎？」

周末拿下鮮奶袋子，溫柔地問：「我回來就開始複習了，微博怎麼了？」

他趕緊把門關上，生怕外面的冷空氣進入屋子裡讓周末覺得冷。然後走到桌上型電腦前打開電腦，同時問周末：「還喝鮮奶啊？」

「嗯，每天一袋，我媽覺得我還能長個子。」

「別長了，不然就是傻大個子了。」

「那給你喝？」周末把鮮奶遞給了他，他也沒含糊，直接接過來，喝了起來。

電腦打開後，杜敬之就打開了微博，給周末看自己的粉絲數。

周末也嚇了一跳，問他：「你花錢刷粉了？」

「沒有，貨真價實的粉絲。」

周末到了電腦前，仔細看了起來。他樂呵呵地到了周末身後，叼著鮮奶，拿起周末肩膀上的毛巾給周末擦頭髮，動作輕柔，跟平時那種炸毛的樣子一點也不一樣。

居然有那麼點賢慧。

「你的這條微博轉發量還挺高的，不錯啊。」周末感歎起來。

杜敬之把自己知道的跟周末說了，周末也跟著樂了半天，然後抱著杜敬之誇：「我就知道小鏡子最厲害了，用實力爆紅。」

「頂多是因為臉，還有不少人罵我娘炮呢。」

「別理他們，並不是長得醜、五大三粗才算爺們，你這樣挺好的，長得好，也會整理自己，只要不熨爆炸頭，其實特別好看。」

杜敬之被周末安慰了，就覺得開心多了，卻還是彆彆扭扭的，用手推開周末的頭：「別把我衣服弄濕了。」

「那把衣服脫了吧。」

他忍不住笑，揪周末的臉：「你這色腿，我脫了也不好看，就是一堆排骨。」

「好看呢，粉色的，皮膚白，而且腰細，屁股也……」說到這裡，周末話語一頓，沒再說下去。

「屁股怎麼了？」他瞇起眼睛，重複著問周末。

「就是……屁股挺好的。」周末回答完，開始「咯咯」地笑，然後鬆開了杜敬之，「我還有幾個指甲沒剪，馬上好。」

「我幫你？」杜敬之拿來指甲刀，蹲在椅子前，幫周末剪腳指甲。

周末一直低著頭看著杜敬之的動作，總是忍不住微笑，然後說：「小鏡子，我們結婚吧。」

杜敬之聽到周末的話，不由得一愣。

抬頭看著周末笑得彎彎的眼眸，似乎包含著夜裡整個蒼穹的星辰，亮閃閃的。他不自覺地跟著笑了起來，把空了的鮮奶袋子一丟，繼續幫周末剪腳指甲，同時回應：「是啊，趕緊結婚吧，合法同居。」

「原來小鏡子想跟我同居啊。」話語裡帶著遮掩不住的笑意。

「不然結了婚還能幹什麼？吵架？」

「我們倆不會像你父母那樣的，因為你的老公很棒棒。」

「還棒棒，是，結了婚家裡有兩個棒棒。」杜敬之抬手，戳了戳周末的褲襠，引得周末一陣笑，因為周末注意到，杜敬之已經不排斥他稱呼自己是老公這件事了。

媳婦怎麼這麼可愛呢。

杜敬之幫周末剪完腳指甲，把指甲刀往旁邊一丟，然後按著周末的腿，讓周末坐好，自己騎坐在周末的腿上，抱著周末的脖子，低下頭去吻周末。

周末的頭髮有點濕，碰到的時候涼涼的。

周末扯開杜敬之身上披著的外套，隨手丟在一邊，然後抱著杜敬之回應著這個吻，手順勢滑進他的衣服裡來回地摸著。

細膩的皮膚，纖細的腰，就算瘦依舊柔軟的肚子。

追逐著對方的舌尖，品嘗著對方口中的味道，有一股奶味，兩個人口中有一樣的奶味。

纏綿的吻，就像停不下的癮，越是靠近，就越渴求越多，恨不得一直這樣繼續下去。身體往下墜著，就像深淵一樣，帶著迷惑的味道，讓人沉迷。

暫停下來後，杜敬之靠在周末的身上，一直抱著周末不鬆手，小聲說：「那裡頂得有點疼。」

「那我幫你揉揉。」周末說著，把杜敬之的褲子稍微往下拉，握住了那個不安分的，然後輕柔地安撫。

杜敬之覺得舒坦多了，靠著周末，閉著眼睛，覺得特別踏實。

就這樣靜靜地抱著周末，稍微等了一會，杜敬之又挺起身子，用毛巾幫周末擦頭髮。覺得有點忍耐不住了，下意識要起身，卻被周末按住了：「我幫你到最後。」

「別……把衣服弄髒了。」杜敬之幾乎是本能地拒絕，身體有些發軟。

周末用另一隻手扯下毛巾，蓋在了上邊，只是粗略地包了一下，然後繼續幫杜敬之，直到釋放。

杜敬之弓著身子，就好像拉滿的弓箭，差點從周末的腿上滑下去，周末趕緊把他抱住了，親了親他的下巴。

他有氣無力地靠在周末的肩膀上，呼出一口氣，吹在周末的耳邊，弄得周末有點癢。

「不收拾一下？」周末問他。

「再抱一會，挺舒服的。」杜敬之的聲音十分慵懶，有一種說不出的磁性，就好像在蓄意勾引。

「嗯，好。」

「我重嗎？」
「我覺得你有點太輕了。」
「吃不胖啊，我也沒辦法。」他說完，然後想起了什麼，問周末，「你到底是一個什麼樣的人呢？」
周末被問得有點不解，遲疑了好一會，才回答：「我有點……不理解，我是什麼樣的人……很好的好人？」
「為什麼我總有種感覺，你其實挺表裡不一的？」杜敬之還是決定把心裡的心結跟周末直接說，與其自己困在死胡同裡，不如說開了，大家都能輕鬆一點。
「比如呢？」
「比如……外表文質彬彬的，結果生氣的時候，說話特別毒。」
周末想起了劉天樂來，於是理解了：「哦，這個啊，畢竟生氣了嘛，他們沒完沒了，我覺得有點煩，我也不是一點脾氣都沒有。」
「還有杜衛家跟謝西揚都怕你。」
「因為我警告過他們？」
「當年杜衛家從樓上摔下去，真的是你推的嗎？」
杜敬之這些年裡都沒有問過這個問題，甚至有點迴避，今天卻沒忍住，直接問了出來，他想知道，自己喜歡的周末，究竟是一個什麼樣的人。
周末沉默了一會，才笑了起來，問他：「重要嗎？」

「所以是了？」

他在這個時候朝周末看過去，依舊是平日裡的周末，溫和的模樣，看不出任何破綻。

「嗯……那天上樓的時候，正好碰到他醉醺醺地上樓，還主動問我，我家裡是不是經常給我買玩具，我說是，他就開始罵罵咧咧地說鄰居家沒有個好例子，讓他兒子也跟著鬧，孩子就不能慣著，就得打。」

杜敬之想到，杜衛家真的能說出這些話來，不由得一陣憋悶。

周末見他沉默，便繼續說了下去：「聽到那傢伙說你，我挺不爽的，於是走到他身邊，跟他說，我有未成年保護法，他還沒明白什麼意思，我就把他推下去了。」

雖然早就猜到是這樣的情況，但是聽到周末說出來，他還是有些心驚，心裡突然亂作一團。

然後，就聽到周末繼續說：「結果他沒摔得怎麼樣，爬起來要揍我，我趕緊跑下去，趁他沒站穩，又給他踢下去一次，這一次，他終於摔得起不來了。」

「兩次？」杜敬之驚訝了，這倒是他沒想到的。

「嗯，當時也不知道是怎麼了，就是忍不住了，當時特別勇敢，過後就害怕了，尤其是杜衛家來我家裡鬧的時候，還好大家都不相信他。」

杜敬之突然有點心裡不是滋味，雙手揪著周末胸前的衣服，咬著嘴唇，難受了好一會才說：「你以後別為我做這種事情！我不想因為我毀了你。」

他不想因為他，毀了那麼好的周末。

「我只是想保護你。」

「我不需要你保護，我只想你好好的，以後我的這些破事你別管，我自己能搞定！」

「為什麼不管，我們倆現在這樣的關係，不該互相照顧嗎？」

「再這樣就分開！」

這句話說完，屋子裡突然一靜。

杜敬之說這句話的時候，根本沒經過腦袋，他不想讓周末為了他做傻事，毀了周末，爛了周末的名聲，這樣他會自責一輩子！

但是說出分手這樣的話，的確有點傷人，他剛說完就後悔了。

周末沉默了一會，然後低下頭，用毛巾幫杜敬之擦乾淨，許久後才沉聲問：「要不要洗一下？」

杜敬之有點難受，坐在那裡半天一動不動。就在他糾結著要不要道歉的時候，周末突兀地抱住他，緊緊地，恨不得將他揉進胸腔裡，然後語氣壓抑地說：「死都不要跟你分開，因為分開就肯定會死掉。」

他被抱著的時候，居然在想，這個人究竟有多喜歡他啊……

喜歡到可怕？

喜歡到願意為他做一切事情？

「是我失言了。」杜敬之開始認錯。

「小鏡子沒有錯，是我做得有點極端了，做了讓你覺得不舒服的事情，以後有事我都跟你說，好不好？」

「嗯，好。」

「所以你別跟我說分開這樣的話，我要難受得窒息了。」

「是我的錯。」杜敬之繼續認錯，他也不想離開周末。

「那今天晚上在我這裡住吧，作為補償。」

杜敬之立即拒絕了，指了指自己的房間：「我燈都沒關。」

結果周末直接推開杜敬之，站起身來，到側包裡掏出錢來，拉起杜敬之的手，拍在了他的手心裡：「這是今天晚上的電費。」

他看著這張紙幣，有點哭笑不得地問：「你這是想用這錢睡老子一晚？」

「是啊，你的億萬子孫包裹在我的毛巾裡，我的億萬子孫還在蠢蠢欲動呢！」

提起這個，杜敬之才指著毛巾問：「你不會還用這個擦臉吧？」

「有什麼問題嗎？」

「滾蛋，髒不髒，哥再給你買一條，這個留著擦屁股吧。」

「我也不在意，洗一洗還能用。」

「你他媽的……」杜敬之說起來就更生氣了，「你就一個癡漢，這玩意射上面了，毛巾還用？睡衣你洗了沒？啊？讓我看看。」

周末笑嘻嘻的，沒回答，把杜敬之氣得夠嗆。

過了一會，周末才重新坐在了電腦前，笑迷迷地沒再說什麼，卻知道了一件事情，杜敬之醉酒之後是有記憶的。

睡衣的事情，杜敬之只在醉酒以後說過，現在這麼自然地提起，估計是說漏嘴了，他沒有戳破，怕杜敬之覺得尷尬，只是覺得有趣極了。

然後拿起毛巾，對杜敬之晃了晃：「你的孩子在我手裡。」

「拐走吧，我不要了，你賣到別的地方去吧，就當我為一些地區做貢獻了。」杜敬之擺了擺手，站在房間裡徘徊不定，是在周末這裡住，還是留下？現在去洗一下，還是幫周末也解決了子孫問題再去洗一洗？

這個時候，周末把杜敬之的外套抱在了懷裡，盯著杜敬之，等杜敬之做決定，如果杜敬之要走，周末打算抱著外套耍賴不給了。

「好了好了，關電腦，我們睡覺。」杜敬之終於妥協了，不去管自己房間的燈了。

臨關電腦，周末刷新了一下杜敬之的微博，看到微博粉絲停留在了七萬多，這才忍不住為杜敬之高興，不過還是很快關了電腦。

他們要去睡覺了。

周末幫杜敬之拿了一身睡衣，說什麼也要自己給杜敬之換，然後在幫杜敬之換衣服的時候拚命揩油，把杜敬之親得暈暈乎乎的。

在周末被杜敬之特意關照釋放的時候，再次用了那條毛巾，在周末躺在床上抱著杜敬之一個勁親的時候，杜敬之拿著手巾，遲疑了一會才說：「我們的子孫在一起了。」

周末被弄得哭笑不得。

杜敬之早上醒來的時候還在惦記著回自己的房間把燈關了。

昨天晚上做夢都是回家把燈給關了，周末那些錢完全沒有起到安慰他的作用，這讓他意識到，他真是不能想事，想著想著，做夢就容易夢到。

之前第一次強吻完周末就夢到周末來拒絕他，這回也是。

周末躺在床上不肯起來，還抱著杜敬之不讓他起來，嘴裡嘟囔著撒嬌：「我想跟小鏡子牽手去上學。」

「別撒嬌，撒嬌打死。」杜敬之翻了一個白眼，還沉浸在沒關燈的夢裡。

「我想小鏡子拉著我屍體的手一起去上學。」

「滾蛋，死了還上學，你怎麼那麼敬業？想我誇你？」

「只想和小鏡子手牽手去上學。」

杜敬之都不想理周末了。

他還沒仔細想過怎麼處理他跟周末的關係呢。

以前在學校的時候裝不認識是為了避免一些麻煩，然後因為跟周末有共同的小秘密而竊喜。現在呢，跟周末在一起了，周末明顯不願意再像以前一樣裝不認識了，現在撒嬌要一起上學，以後不就會撒嬌在學校牽手？然後一起羞羞羞？

杜敬之歎了一口氣，翻了個身，在周末額頭親了一下：「你都不許我進學生會，還不是怕被發現？所以忍耐下，我們慢慢來。」

「好。」周末終於妥協了，然後表示，「那就不牽手，只一起去上學。」

杜敬之盯著周末看了好一會，才一個腦門撞了過去，周末慘叫了一聲後，杜敬之拿起外套跟自己的衣服隨便一披，就走出去跳回家關燈去了。

杜敬之收拾好之後就出了家門，到社區門口的時候停下來，拉上自己羽絨服的拉鍊，剛取出手機來打算給周末發消息就聽到了腳步聲。

周末下樓的時候還在打哈欠，模樣懶洋洋的。

杜敬之對周末示意了一下：「走吧，一起去上學。」

周末立即笑了起來，一下子就滿足了，快步朝他走了過來。

他看著周末的長款羽絨服，不由得嘟囔起來：「估計也就你這麼高的人能穿這詭異的東西，我穿都得邁不開步子，走路都得走小碎步。」

周末低頭看了一眼，覺得挺無所謂的，只是表示：「我媽說穿長款的暖和。」

「你可真是媽媽的好寶寶。」

「也不是，有些事情聽話，有些事情需要有原則。」周末說著，抬手揉了揉杜敬之的頭髮，然後跟他一塊朝外面走。

兩個人一塊買了手抓餅之後，就一起到了車站等車。

周末給了他一隻手套，讓他能拿著餅吃，其間不會再像之前那樣裝成不認識，而是時不時聊一句，卻也沒多少親密的樣子。

到了學校，杜敬之想朝著後門走，卻被周末拽了一下包，一扭頭就看到了周末躲在羽絨服帽子裡幽怨的小眼神，不由得歎了一口氣，然後跟著周末一塊走正門進入學校。

周末到一班就進入教室了，他還得一個人穿過走廊，一邊走一邊覺得自己有點太慣著這小子了。

剛進教室，就看到劉天樂對他豎起了中指。

他走過去，站在劉天樂身邊，剛想開口，就聽到劉天樂說：「不要臉！簡直不要臉！」

「我又怎麼了？」

「戀愛的人啊，就是不要臉。」

「之前我說你了嗎？你交那麼多個女朋友了，我說你了嗎？」杜敬之氣得想動手。

劉天樂脖子一梗，笑迷迷地說：「我沒像你似的，悶騷，我是明騷，我以後就在身上紋個身，就寫三個字，騷浪賤。」

杜敬之也算是明白了，估計劉天樂是看到他和周末一塊來上學了。

好在之前跟周末一塊畫過壁畫，現在這樣走在一塊也沒多少人起疑，估計就當成他們倆就此認識了呢。

不過劉天樂不一樣，這傢伙就媒婆屬性，他沒戀愛的時候想給他介紹，戀愛了就愛起哄。

兩個人說了沒幾句，劉天樂就把一堆東西往桌子上一放：「這些，小周哥哥給我的，你說吧，怎麼處理。」

「學生會的工作？」

「沒有錯，麻煩死了。」

杜敬之用手翻了翻，總覺得看著這些東西就頭疼，於是回答：「去三班找那個王悅去，還有那個柳夏，另外一個叫什麼來著？」

「洪雪。」

「對，找他們三個去，讓他們三個教你做。」

「要客氣嗎？」

「不用，如果不是她們不依不饒的，還臨時甩鍋，事情也不會這樣。我有的時候真弄不明白，那些女生是執著呢，還是怎麼的，是不是到現在還覺得柳夏沒錯，是周末太過分？」

劉天樂笑了笑，隨後表示：「在我們看來，小周哥哥沒錯，在她們看來，是小周哥哥眼睛看不上柳夏。」

杜敬之也有點無奈，還是走到了座位坐下了，剛坐下沒一會，就聽到劉天樂跟周蘭玥討好地說：「小周妹妹，幫幫忙，我真幹不了這細緻活。」

周蘭玥特別不耐煩：「我又不是你們秘書！」

「是不是哥哥的好妹妹了？」

「誰願意當你妹妹？」

劉天樂看了周蘭玥一會，突然回頭看向杜敬之：「杜哥，你幫我跟小周妹妹說說。」

「嘖，小周哥哥，小周妹妹，跟情侶名似的。」杜敬之忍不住嘟囔了一句。

「不是吧杜哥，這也吃醋？你有點過分了啊！我從來沒想到你是這樣的杜哥！」劉天樂立即開始數落。

杜敬之立即就火了，大罵：「你有完沒完，什麼都得數落幾句，我談個戀愛我容易嗎我？」

劉天樂聽完就在那「嘿嘿」笑，然後小聲說：「你和你家那位可以起個情侶名，一個叫大醋缸，一個叫小醋桶。」

「再跟我貧，我一巴掌扇死你。」

「那你幫勸勸小周妹妹。」

「你想讓她幹什麼啊？」

「幫我整理一下東西，我看這玩意看到腦袋迷糊。」

「幹不了你當初答應幹屁啊？」

「我就是以為是要去催債呢，誰能想到還得幹這些破活？」

杜敬之思考了一會，才說：「要不我們四個一塊吧，帶上黃胖子跟周蘭玥。」

他剛說完，周蘭玥就幽怨地回頭看向他，手一下一下地往桌面上拍：「我什麼時候被你們默認成你們三人幫裡的人了？」

「什麼時候是三人幫了？」他厚顏無恥地問，「一直都是四人幫啊！」

周蘭玥無語了，直接嚷嚷起來：「不管！我不管！」

午休時間，劉天樂就帶著「四人幫」的另外三名成員直接去了三班，周蘭玥害怕自己落了細節，特意帶了個本子跟筆，打算記筆記。

劉天樂到了三班門口，一腳把門踢開，氣勢磅礴地走了進去，朝裡面看了看，然後喊了句：「那個王悅，有空嗎？」

王悅也算是個認真學習的好學生，平時正義感爆棚，自認為代表著正確的三觀，跟她想法不一致就是三觀不正。她看到劉天樂之後推了推眼鏡，然後問：「有事嗎？」

「工作交接，我們是在這說，還是去學生會辦公室那邊說？」劉天樂雙手插進口袋裡，吊兒郎當地問。

「你去找周末交接吧，我不管這件事了。」王悅直截了當地拒絕了。

「大姐！妳看著我的胸前飄著鮮豔的童軍領巾嗎？妳看我長著一張做好事的臉嗎？我給妳在期末最後幾天接下爛攤子，妳還給我推三阻四的？我跟妳講，平時我都不願意跟妳這麼醜的人說話。」人身攻擊，直接說到對方的痛處上，這種行為在平時很討人厭，但是放在讓人討厭的人身上，看到還挺爽的。

王悅立即怒了，指著他們，指尖都在顫抖：「你……你什麼人啊你，長得好看有什麼用，功課也不好！」

「那功課好，也長得好看的呢？妳是不是挺嫉妒的？」劉天樂說著，直接朝王悅走了過去，「所以妳很看不上周末，因為他總是學年組第一名，妳總是第二，心理不平衡，想在這個階段找點事，讓周末考不了第一了？」

杜敬之一直站在門口聽著他們說話，聽到劉天樂這麼一說，他突然覺得劉天樂這人特別厲害。之前接受他是同性戀這件事，只需要一瞬間，現在也能想明白王悅這麼針對周末的原因。

轉而一想，估計也是他太蠢了，整天就知道吃醋、跟周末親親，就不想著別的了。估計周末自己早就知道，只是沒跟他說而已。

現在這麼一想，突然有點明白王悅為什麼會這麼幫柳夏了，估計也是有私心的，卻站在了正義的角度上，一舉兩得了。

被當眾這樣對待，王悅有點面子上掛不住，對周末尚且能發威，因為她認定周末性格好，老好人就容易被人欺負。

現在，面對劉天樂這樣的壞學生，沒有對待周末時的威風凜凜了，氣得發抖，卻什麼也不敢說，一副馬上要哭的樣子。

劉天樂把手往桌面上一拍，再次問：「在這裡，還是去學生會辦公室？王同學。」

「去……辦公室。」王悅含著眼淚回答。

進入學生會辦公室，黃雲帆還感歎了一句：「嘿！我還真沒怎麼來過這地方。」

「也沒什麼東西，來這有什麼好的？」杜敬之算是來這個辦公室好幾回了，早就沒有什麼特別的感覺了。

「就是心裡的感覺不一樣，就總覺得這地方是我這種學生一直進不來的。」黃雲帆說完，左右看了看，樂呵呵地進去坐下了，「沒想到我哥們還能在這個節骨眼進入學生會，怪有面子的。」

杜敬之跟劉天樂對視了一眼，結果倆人都是什麼都沒說，沉浸在沒告訴黃雲帆真相的內疚中。

可是這種事怎麼告訴黃雲帆？周蘭玥跟劉天樂都是自己發現的，黃胖子這個二逼自己發現有點難，主動告訴黃雲帆吧，杜敬之連開場白都說不出來。

進去之後，就是周蘭玥坐在王悅身邊，關於做這些工作的細節、注意事項等問題一個個問。

劉天樂就是坐在旁邊，時不時問周蘭玥一句：「聽懂沒有？」

周蘭玥看著自己記的筆記，正在猶豫，劉天樂就用力拍了一下桌子：「妳是不是腦子不太好啊？這點東西就這麼半天說不清楚，我們小周妹妹沒懂，妳再說一次。」

周蘭玥都被劉天樂這突如其來的一拍嚇了一跳，白了劉天樂一眼就繼續問王悅了。

王悅雖然特別不情願，還一副要被欺負哭的模樣，卻還是硬著頭皮留了下來。

過了一會，有人推門走進了學生會辦公室，進來就直接說：「你們幾個人有點過分了吧，有什麼事衝著我來行嗎，別為難王悅。」

杜敬之一扭頭，就看到進來的人是柳夏，頓時有點不想說話了，只是蹺著二郎腿，繼續跟黃雲帆聊天。

黃雲帆看到柳夏，依舊有點彆扭。他當時也是真的喜歡過這個女生，把她視為女神，現在發現柳夏這樣，真是心裡十分不舒服。

劉天樂則是不緊不慢地回答：「著什麼急啊，一會就輪到妳了。」

柳夏被懟了一下，不由得有點怒，然後看向黃雲帆，眼中全是嫌棄：「所以你是在報復了？」

這回真的是躺著也中槍了。

黃雲帆被氣得話都說不出來了，千言萬語匯成一句話：「我靠！」

杜敬之則是樂了，笑得特別嘲諷：「妳被人拒絕了，瘋狂地噁心人、報復人，就覺得別人都跟妳一樣？」

杜敬之這個人就是自己可瘋狂數落劉天樂跟黃雲帆，但是別人說他們倆一句不是，杜敬之就不高興，肯定得懟回去。

「你覺不覺得你一個男生，總跟一個女生過不去，沒事就找碴吵架，特別小家子氣？」柳夏最近看到杜敬之就有點煩，不知道為什麼。

「妳不招惹我，我也懶得理妳。」

「我招惹你什麼了？除了第一次你為了這個胖子，後面幾次都是你找碴吧？」

杜敬之還真回憶了起來，好像他真的是故意找碴的那個，他竟然有點無言以對了。

遲疑了一下，他才開口：「他叫黃雲帆，不是『這個胖子』，妳這語氣，根本就沒把他當個人看，妳不覺得妳自己錯了嗎？然後周末拒絕妳了，妳要死要活的，妳是人，我朋友就不是人了嗎？妳自己這麼極品，還怪別人針對妳，做人別這麼雙標。」

柳夏飛快地看了黃雲帆一眼，因為嫌棄黃雲帆臉上的痘痘，所以都不願意多看，覺得噁心，於是握著拳頭反駁：「我跟他不一樣。」

「對，妳真不如他，至少他放棄之後悄無聲息的，也不會想去做什麼小三。」

「周末他一直迴避不談女朋友是誰，也沒人見過，就連程樞都不知道他女朋友長什麼樣，肯定讓人覺得是假消息。」

「現在說這些沒意義，妳自己聰明點，別再這麼戲精，估計妳還能……不那麼讓人討厭吧。」

「不用你管。」

「得，那妳就繼續妳的表演！一哭二鬧完事了，妳是不是要鬧自殺了？」

柳夏立即激動地反駁：「我才不會為了他自殺！其實他一直都表裡不一的，只是沒有多少人發現。上次在高主任走了之後，他掐著謝西揚脖子威脅的時候有多恐怖你是不知道，如果不是也被他針對過，謝西揚的話我都不一定會信。所以別人都覺得他好，說不定他私底下就是個人渣。」

因為柳夏跟周末鬧翻，謝西揚在這個時候跟柳夏聯繫上了，跟柳夏說了自己曾經被周末掐著脖子威脅的事情，也算是暗地裡成了一種聯盟關係。

不過謝西揚不敢退出學生會，家裡不好說，而且，謝西揚現在挺怕周末的。

不因為別的，就因為周末掐著他脖子，說出那些話時的表情，他嚇得都要哭出來了。簡單的威脅，謝西揚不會怕，但是周末威脅的時候，讓他深刻地感覺到，周末真的是說得出做得到。

而且，就像周末當時說的那樣，他把事情說出去也不會有人信，畢竟沒有人覺得周末會是做出那些事情的人。

一個精於偽裝自己的人，讓謝西揚懼怕到背脊發寒。

杜敬之的話突然一頓，身體都有些不自然了，只是錯愕地看著柳夏。

正思考著，就看到周末的大長腿出現在了門口，卻沒進來，估計也是覺得進來碰到柳夏會尷尬。然而現在，應該聽到了些什麼。

不知道為什麼，杜敬之在那一瞬間突然有點害怕周末了。

周末到底是一個什麼樣的人？是一個溫文爾雅的人，還是一個隨時都會黑化，城府很深的人？

腦袋裡關於周末的記憶，總是這個人對他的照顧，以及那溫柔的樣子。

柳夏在這個時候，不準備理杜敬之了，直接走到了王悅身邊，給王悅遞了紙巾，然後說：「這些工作我都會做，需要問什麼，問我就行了，讓她回去吧。」

劉天樂看了杜敬之一眼，然後扯著嘴角笑，點了點頭：「看不出來，妳還挺夠意思的，就是有點缺心眼。」

王悅是故意表現出來有義氣的模樣，暗地裡想給周末添麻煩，這個柳夏看不出來嗎？或者是柳夏其實知道，卻還是對王悅表示感謝？

真感人啊……被全世界「背叛」的時候，這個王悅站在了柳夏身後，柳夏也願意為了王悅挺身而出。

嘖。

杜敬之又扭頭往外看了看，發現周末已經離開了，估計是不打算進來了。他也沒追，只是繼續坐在辦公室裡旁聽。

王悅沒有離開，而是在這裡準備一次解決完這件事情，幾乎用盡了一個午休的時間，總算是整理好了。

等柳夏跟王悅離開之後，周蘭玥才問：「來了四個人，一個恐嚇的，兩個旁觀的，就我一個人在忙？」

「組織器重妳。」劉天樂回答。

周蘭玥嘟囔了幾句抱怨，然後就捧著東西出去了。

劉天樂到了杜敬之跟黃雲帆面前，看著這兩個人。

從柳夏過來跟杜敬之吵了幾句之後，這兩個人就開始安靜得連哼一聲沒有了，估計心裡都有點不舒服。

黃雲帆是被柳夏弄的，就算多大大咧咧，也做不到一點都沒有感覺。

杜敬之則是因為柳夏說的，周末威脅謝西揚的事情。

「別在意了，那個女的現在走到哪裡，都有人背後說她壞話，這高中混得也是不能再慘了。何必為這種極品女壞了心情?哥在七中想辦法給你介紹一個。」劉天樂拍了拍黃雲帆的肩膀安慰。

「行，不用多好看。」黃雲帆也算是有自知之明了，知道追柳夏這種女神級別的，對方根本就看不起他。

劉天樂又看了看杜敬之，遲疑了一下，不知道怎麼說好，好半天才說了一句：「那種極品女的話別往心裡去。」

黃雲帆也在這個時候跟杜敬之說：「杜哥，你別生氣，我不在意了，就是心裡有點不舒服。」

估計黃雲帆一直當杜敬之是因為他的事才這麼沉默的。

杜敬之笑了笑，回答：「行了，要上課了，回去吧。」

往教室走的時候，杜敬之感覺到了口袋裡的手機在振動，立即拿出來看，看到了周末發來的訊息：小鏡子，有什麼事就跟我說，別在心裡憋著。

他看著手機訊息，遲疑了一下才回覆：雖然心裡的確有點不舒服，但是我相信你。你做的事，都有你的理由，更何況還是為了我，我能說什麼呢。

周末：圓規哥哥眉頭一皺，發現小鏡子有點不高興。

他看到這條訊息，突然忍不住想笑，打字回覆周末：小鏡子翻了一個白眼，並且對你豎起了中指。

放學時間，杜敬之還在跟劉天樂貧嘴。

劉天樂說什麼也要杜敬之幫忙處理那些工作，杜敬之則是一個勁地推脫，結果剛出校門，就覺得有點不對勁，很快，杜敬之就傻了。

突然有一群人圍住了他，叫著：「你是敬兒吧？」

「現實裡也好帥，好像比相片、影片裡還帥！」

「絕對沒整容，五官好自然啊。」

「敬兒，你姊姊帶你去吃好吃的，跟姊姊走好不好？」

「敬兒，小漫畫更新沒啊，我們還盼著呢！」

「畫外音哥哥呢？」

杜敬之被這群人嚇到了，不明所以，愣神的工夫還被人掐了一下臉，好像還有人在對著他拍照，身邊有一個女生在往他身上靠，似乎是想要合影。

這是……什麼情況啊!?

杜敬之被這突如其來的一幕驚呆了。

圍攏他的人不算很多，也就十來個人，陣仗都不如杜敬之之前打過的群架。

但是這些人明顯是有組織性的，一邊圍觀他，一邊還在興奮地聊著天。在他愣神的工夫，有人拉住了他的手，說道：「敬兒，你皮膚也太好了吧！」

他趕緊把手抽回來，對那個人說：「冷靜一下，冷靜，好吧？那個，你們是……微博上的那些人？」

「對啊！」

「敬兒，我每天都給你留言的，你的每條微博我都回覆了！」

「肯定的啊！」

杜敬之點了點頭，表示自己知道了，接著問下一個問題：「你們是怎麼找到這裡的？」

「看校服啊！」有一個女生回答。

「校服……」杜敬之嘟囔了一句。

「對，發現是同市的，就過來碰碰運氣，沒想到真等到你了。」

他有點慌張，尤其是被這些人圍著，有點不好意思，耳朵一下子通紅，下意識地抬起手來，擦了擦鼻尖，這才說：「見到了，然後呢？我……要回家寫作業還有畫畫，恐怕不能留多久。」

「敬兒，跟我合個影吧？」

「敬兒，我喜歡你畫的畫，你要加油，特別看好你！」

「杜敬之，你能不能給我簡單地手繪個簽名圖？」

杜敬之被震驚了，驚訝地問：「還簽名？」問完，扭頭左右看了看。

劉天樂跟黃雲帆早就被擠開了，站在人群外看著他，一臉「哎喲我操」的表情。周圍的學生們還在往外走，也都朝他們看了過來，還有幾個學生故意停下看看是怎麼回事。

再有就是，他看到周末似乎是剛從學校裡走出來。

「我們去旁邊，在這裡怪丟人的。」杜敬之有點無奈地指了指旁邊，帶著這群粉絲離開。

他們離開的時候，劉天樂跟黃雲帆有點不知所措，兩個人對視了一眼，最後還是跟著過去了，生怕這群熱情的粉絲調戲杜敬之，給杜敬之調戲炸毛了，再發生什麼不好的事了。

去了一邊之後，杜敬之耐著性子，聽這些人說話，偶爾跟著合影。他這個人脾氣不好，對陌生人也沒什麼耐心，不過注意到他們表現出善意，以及對自己的喜歡，他又不會當面不給人家面子，於是只能調整自己的心態。

試想一下，誰正常放學，突然被人邀請合影，會能立即接受呢？他可是從來沒想過自己會有粉絲的，畢竟從未想過做什麼偶像明星。

「敬兒，畫外音哥哥呢？是那個個子高的男生嗎？」有人問了一句後，指了指劉天樂。

杜敬之思考了一下回答：「他……不在這。那個男生只是我朋友。」

劉天樂聽完，笑了，主動回答：「我是吃小龍蝦影片裡那個有女朋友的男生。」

劉天樂回答的時候，杜敬之低下頭，連續簽名。他沒練過這玩意，天還冷，手特別凍，所以寫得特別潦草，自己還嘟囔：「要我簽名有什麼用呢，沒啥價值。」

「就是喜歡你啊！」

「特別喜歡你，敬兒！」

「我會把簽名放在床頭的！」女生們嘰嘰喳喳地說著，又給杜敬之說得不好意思了。

簽完名合了影，杜敬之有點發愁，最後拿下書包，在裡面一掏，掏出一把棒棒糖來，都是周末給他他沒吃的。他給這些女生一人發了一個，然後說：「回家吧，這大冷天的，天黑得也早，趕緊回去吧。」

「謝謝敬兒！」

「我們還會來看你的。」

杜敬之聽完就絕望了，一個勁搖頭：「別來了別來了，你們來了我怪不知所措的，我到現在都不知道你們是不是被誰花錢雇來戲弄我的。」

「敬兒你特別好！我們來看看你就高興了。」

「沒錯！」

「敬兒你就是在我們面前走過去，我乾看著都高興！」

杜敬之哭笑不得，偏偏這些人說得特別認真，只能無奈地繼續勸說，讓她們回家。

等送走了這些粉絲，黃雲帆才湊了過來問杜敬之：「杜哥，怎麼回事啊？你這是有後援團了？」

「我也不知道呢！」

劉天樂則是一副並不在意的模樣，問他：「怎麼，還真有那麼多無聊的人願意看你刷龍蝦殼？」

黃雲帆一聽就不開心了：「我怎麼覺得你們倆有事瞞著我呢！」

「最近杜哥瞞著你的事可多了，你自己聽他說吧，我是不管了。」劉天樂說完，從口袋裡取出手機看了一眼訊息，表示，「我女朋友等我呢，我先走了。」

在劉天樂走後，黃雲帆不依不饒地跟著杜敬之走到了車站，最後杜敬之把自己的微博名字告訴黃雲帆，告訴這傢伙自己看以後，就把黃雲帆趕走了。

等黃雲帆離開，他才扭頭去看站在車站看板下面的周末，嘴裡叼著一根棒棒糖，靠著看板，正看著他呢。

他打賭已經走了幾輛公車了，畢竟學生已經少了很多，周末留在這裡就是在等他呢。他忍不住揚起嘴角，從口袋裡掏出手機來，對著周末照了一張。

周末身材好，外加長得也是校草級別的，這麼隨意地靠著看板，都有種故意擺造型的感覺。因為天有些暗了，看板的光亮在周末的臉上投下斑駁的光影，看起來還挺有文藝感的，杜敬之難得覺得周末這件長款黑色的羽絨服還挺帥的。

照完相片，他看著手機螢幕還挺滿意的，也不知道是滿意自己的照相水準，還是滿意自己的男朋友特別帥。

周末在這個時候走過來，站在他身邊，低頭去看杜敬之的手機，然後笑了：「照得不錯啊。」

「必須的，你也不看看是誰男朋友，外加是誰照的。」

周末覺得這句話很有道理，認真地點頭，表示贊同。

方，問道。

「剛才那群，是微博粉絲？」周末手都沒拿出來，只是用下巴指了指剛才杜敬之跟粉絲聊天的地

周末這個人挺怕冷的，稍微有點冷的天氣就會乖乖穿上秋褲。他們倆沒在一塊之前，杜敬之偷偷懷疑過周末腎不好，不過在一起之後他就確定了，周末這個人只是單純怕冷。

「對，根本沒想到她們居然會找到這裡來。」

「正常，以前就鬧過什麼最帥交警，然後一群人跑去跟交警合影。還有什麼豆腐西施，結果豆腐店的生意就紅了，你現在的名頭也挺大，國民校草呢。」

「啥玩意？」杜敬之嚇了一跳，聽完摸了摸自己的臉，「這名頭聽起來怪不要臉的。」

周末只是笑，眼眸彎彎的：「這證明大多數人跟我的眼光一樣，覺得小鏡子特別好看。粉絲這事吧，如果你只是曇花一現，幾天後就沒人了，但是你如果持續紅的話，就得想想辦法了。」

杜敬之也思考了起來，剛好這個時候來了一輛車，兩個人立即上了車。到了車上還有一個座位，周末直接讓杜敬之坐下了，把包給了他。

他一直覺得公車的設計很不合理，他這樣坐在座位上，周末扶著兩邊的座位扶手站著，就好像對他敞開懷抱似的，讓人覺得……有點曖昧。不過轉念一想，能這麼合計的人估計不多，他也就是喜歡周末才覺得曖昧，如果是其他人站著，他一點反應都不會有。

「要不我發個微博吧，要他們別來學校找我，我還想好好讀書天天向上呢。」杜敬之這麼想著。

「這話有點假，因為你低頭寫題的那張相片，第四道題寫錯了，應該選擇B。」

他一愣，然後立即罵了起來：「你這傢伙看得是有多仔細？題都看了？學霸跟一般人看世界的重

點真是不一樣啊。」

周末從口袋裡取出手機來，輸入密碼打開相簿，然後嘟囔：「就是單獨給你建立了一個相簿，一天拿出來看幾次而已，重點小鏡子是真好看。」

他抿著嘴，警惕地看著四周，生怕有熟人，聽到了他們說話。

周末也跟著看了看，確定沒有其他學生之後，這才說：「回去以後來我家吧，我看看你的複習情況，這回別開燈。」

看，學霸邀請男朋友去自己家裡過夜的理由都是這麼充滿正能量。

「你自己不複習啊，你不是跟老師立了軍令狀了嗎？」

「前五名，其他幾個根本不是對手。」周末笑迷迷地學杜敬之經常做的動作，大拇指在喉嚨前一劃，「秒殺。」

他看著周末那自信的樣子，忍不住開心，恨不得抓一個路人來，讓他們看看自己的男朋友有多帥。

兩個人說了一會就到站了，一塊下了車。

下車的時候天已經完全黑了，回家的路上只有冷不丁的幾個路燈，孤零零地立在路邊，燈泡忽閃忽閃的。周圍人不是很多，畢竟兩個人走的是小路，周末直接拉過了杜敬之的手，放在自己羽絨服的口袋裡握著。

「不能手牽手一塊上學，能手牽手一塊放學也行。」周末突然特別滿意地說。

杜敬之用另外一隻手指了指一邊：「在那初吻來著。」

「不是初吻吧？」

「操，你還親過別人？」

「我小學的時候就親過小鏡子啊！」

杜敬之突然想起來，周末在小的時候，幫他買過一次棒棒糖，那時候杜敬之還知道別人的東西不能隨便要呢，就把糖還給周末了。結果周末跟他說：「你讓我親你一下，就不算白要我的東西了。」

杜敬之不願意，周末就哄騙他說：「你讓我親一下，我以後一直給你買糖吃。」

那時候的他真是人窮志短沒出息，還真同意了，現在想想，周末還真就一直給他買糖吃了。

然後他突然想起來，問：「你不是不愛吃糖嗎？怎麼今天突然吃了？」

「不能老亂吃醋，所以吃點糖緩緩。」

「哦，你有進步啊……」他拉長聲地回答，然後湊到了周末身邊，故意調戲，「杜哥褲子裡有棒棒糖，你要不要吃啊？」

周末立刻懂了，然後扭頭在他的嘴唇上輕輕親了一下：「要，今天晚上吃吧，我都要等不及了。」

060

不得不說周末這個人也是挺雙標的。

之前杜敬之說可以幫周末口，結果這傢伙說什麼也不接受，杜敬之還當周末是不喜歡這件事情，現在看來，只是單純不捨得讓杜敬之給他口。

現在杜敬之說完，周末還一副很期待的樣子，杜敬之當時就無語了。想要先離開，結果手被周末握得緊緊的，抽都抽不出來。

又走了幾步，他突然被周末推到牆邊，身體撞到牆壁，讓他悶哼了一聲，然後被吻了個措手不及。

最近天氣是越來越冷了，寒風吹得人皮膚疼，到了這個時間段，都沒幾個人愛出門。周圍被寒冷的空氣環繞著，這也使得這個吻有點燙人。

沒來由的強吻，讓杜敬之措手不及，良久才緩過神來。按照他以前的脾氣，被人這麼突如其來地一推，早就怒了，但是對周末，他有著人生中最大的寬容，竟然沒生氣，還抬手抱著周末的脖子，放肆地回應。

許久之後，周末才停止了這個吻，然後用嘴唇蹭著他的耳廓，問他：「被按在這裡接吻，是不是很不舒服？」

「……」杜敬之無語了，這傢伙居然憋了這麼久來報復他！

沒等到杜敬之的回答，周末自己輕笑了起來。

「昨天晚上做夢在這裡跟你那個啥了，看到這裡就突然想親你了，色腿完全控制不住自己。」周末說完，拉著杜敬之到懷裡，拍了拍他的後背，還揉了揉他的後腦勺。

「在這？」杜敬之居然還挺溫順的，就好像被馴服了的野貓，被撫摸了幾下就消氣了，靠在周末懷裡問。

「嗯，就這。」

「你挺豪放啊。」

「可能在夢裡比較自由奔放。」

杜敬之在周末懷裡靠了一會，才突然感歎起來：「我發覺我們倆真是不一樣。」

「怎麼了？」

「我做了一整夜的夢，都是回家去關燈，你做的夢卻是在幹我。」

周末開始笑，笑聲特別好聽，聽了之後，讓杜敬之心裡癢癢的，又抬起頭來咬周末的下巴。結果周末直接推著他往回走：「趕緊回家吧，我想吃棒棒糖。」

「操，你認真的？」

「對啊。」

「什麼人啊你。」

「想試試看是什麼感覺。」

結果到了周末家裡，周末第一件事就是先把作業寫了。

杜敬之還想打開電腦看看微博上面的情況，卻被周末按住了，要求檢查杜敬之的複習情況。

翻開杜敬之的題庫，看到裡面填寫率頂多三成的情況，這三成還是選擇題居多，說不定還是抄的，周末不由得臉色一沉。

杜敬之立即安靜得就像一隻小雞崽子似的，心裡有點打鼓。

周末又低頭看了一眼題庫，看了看答案，問：「抄的？」

「自己做的。」杜敬之立即回答，回答得義正詞嚴，不容任何質疑。

周末也沒猶豫，打開抽屜，從裡面拿出一卷雙面膠，撕下來把答案貼上了，因為不透明，完全看不到之前填寫的答案。然後給了杜敬之一個本子，一支筆：「重新答一遍吧。」

杜敬之坐在桌子前，看著練習冊，又看看周末，不動了。

周末看了他一會，恨鐵不成鋼地說道：「你就算是藝術生，一般功課也不能差太多。」

「我……最近上課都有認真聽，而且自習課也有看書背單詞什麼的……」

「你想過以後嗎？」

這句話把杜敬之問住了。

其實很早之前，周末就問過這個問題，他回答得挺隨意的，現在被問起來，突然有點遲疑了。

其實杜敬之這個人心裡想的事情挺多的，這個問題也想過。

他的想法也是努力讀書，努力練習畫畫，然後跟周末考到一個城市去。他也聽說過畢業分手論，心裡忐忑過，不過又覺得他跟周末認識這麼多年了，在學校裡裝不認識都沒事，到了大學，也應該可以維持下來。

但是現在被周末這麼正經八百地問，突然有點慌，卻還是說：「我努力跟你考一個城市。」

「一個城市？」周末微微蹙眉，「一個城市的兩所學校，可能會距離很遠，如果一個南一個北，再加上塞車的城市，說不定見一面就得幾個小時。」

「那就盡可能近一點的學校，你考你的，以你為主。」

「我特意查了，華大有個美院。」

杜敬之就像聽到了一個笑話，可是看到周末的表情，又知道這傢伙不是在開玩笑，立刻抗議起來：「你是小孩子嗎，還在異想天開？我是能考那個學校的料嗎？那個學校的某個系，一個省才招收兩名學生，是一個省啊！我得多大的能耐，能考到那裡去？」

「我覺得你可以。」

「這種事情不是你覺得我可以，我就可以的。」

「你的藝考成績超過二百三十分，然後高考超過四百六十分……」

「你根本什麼都不懂，就會亂講！」杜敬之說著，已經帶了點怒氣，下意識地提高了音量，「你們就知道，藝術生要求的錄取分數線低，整日裡高人一等似的，我們藝術生都是笨蛋是不是？但是你們知道練習的時候有多累嗎？」

周末立即解釋：「我知道你們很辛苦，可是……」

「我那個畫室裡的學長，吃喝拉撒全在畫室裡，從早畫到晚，不見天日，努力成那樣了，也沒見他們有信心一定考上哪裡。這玩意確實靠底子，也靠運氣！結果呢，一群人來問我，你們藝術生高考很容易吧？你們知道個屁！」

看到杜敬之生氣，周末突然有點慌，趕緊抱住杜敬之開始哄他：「對不起小鏡子，我只是不想離開你。」

「我也離不開你！但是我就天生這樣，沒你那麼聰明，就會畫個畫，我整日裡努力著上課，跟不上班裡其他人的進度，覺得自己就像一個傻子。回到家裡練習畫畫，或者是弄這個微博，還不是怕自己跟你的差距越來越大，最後配不上你，被你甩了？你現在這是什麼意思，上來就跟我興師問罪，還給我定了個這麼大的目標，給我這麼大的壓力？是不是我考不上，你就要嫌棄我了？」

聽到杜敬之說這些話，周末又開始內疚了。

他只是有點著急，結果刺激到了敏感的杜敬之。

「小鏡子，你聽我說好不好？」周末趕緊問。

「說什麼？說我功課不好，還是說我整天就知道胡混？我告訴你……」杜敬之還想發飆，推開周末，打算跟周末吵一架，結果就看到周末速度特別快地撕開了一根糖的包裝，把一根棒棒糖塞他嘴裡了。

他立即把糖拔了出來，結果又被周末塞了進去，他氣得差點翻白眼，伸手就要去跟周末打架。

周末見招拆招，愣是把他給扛了起來，丟在了床上，讓他面朝下趴著，然後自己騎坐在杜敬之的身後，還臭不要臉地說了一句：「你先忍耐一下，我們都冷靜一下，心平氣和地討論這個問題。」

說是這麼說，卻還是把棒棒糖往杜敬之嘴裡一塞，一直按著，不讓杜敬之說話，他只能含糊地說了一句：「我……操……」

種，沒動真格的。

杜敬之此時雖然有點生氣，卻沒真的失去理智，所以跟周末「動手」的時候，根本就是鬧著玩那

結果周末不要臉，居然乘人之危，現在還把他壓在身下面了。

見他還在扭動身體掙扎，周末又趴下了，而且直接趴在了他的身上，抱著他的手臂，不讓他亂動，然後親了他的後脖頸一下，說：「我知道小鏡子不是小女生，所以，你也該試著嘗試接受我的體重，以後應該會是這個姿勢。」

然後他掙扎得更厲害了。

「好了好了，小鏡子乖，聽我說唄。我啊，整天提心吊膽的，怕我們在大學的時候會分開。小鏡子這麼好，這麼帥，相片發到網上去，就能有七萬多粉絲，還有粉絲來找你合影，這麼好的你，到了大學裡肯定特別受歡迎，我怕我到時候不在你身邊看著，你就被別人騙走了。」

杜敬之靈活地將棒棒糖含在一側，回答：「我他媽的是哈士奇啊，一騙就走？」

「雖然有點像……」

「什麼叫有點像？」

「才不是，小鏡子才不是哈士奇，這麼白，也是薩摩耶。」

「我糾結的是品種的問題嗎？」

「好，我們不吵這個。」

「你給別人形容是狗，然後你轉移話題了？」

「哈士奇不是你提起的嗎？」

「我提起的你就可以說我是狗了？」

蠻不講理！

簡直沒法正常進行聊天。

周末歎了一口氣，把杜敬之嘴裡的棒棒糖拿了出來，然後低下頭，直接去吻他。他依舊表現出不屈不撓的架勢，結果依舊是他的風格，稍微拒絕示意一下他的矜持，之後就主動張開嘴，讓周末進入，然後回應這個吻。

親吻間兩個人調整了一個姿勢，不過是杜敬之從趴下被壓著，變成了仰面被壓著。

確定杜敬之稍微冷靜下來了，周末才問：「現在能跟我冷靜地談談人生了嗎？」

「不能。」

「理由呢？」

「沒親夠。」

周末徹底洩氣了，他是真的拿杜敬之沒辦法，他甚至懷疑，兩個人以後都得在床上解決問題了。

061

周末豎起食指，抵在杜敬之的嘴唇上，認真地問：「就當讓我歇歇嘴行不行？」

杜敬之聽完「嘿嘿」直樂，笑迷迷的，似乎火氣來得快，去得也快，這麼快就消氣了，只是看著周末，等待周末說下去。

「我總覺得，我們在一塊了，就跟以前不一樣了，你給我帶來了無盡的動力。我也覺得，我可以鼓勵你，讓你更加厲害。我們互相鼓勵，一起努力，然後成為更好的人，得到所有人的認可和祝福，這樣在一起才理直氣壯，你說對不對？」周末盡可能心平氣和地說。

周末分析，剛才杜敬之之所以炸毛，估計是看到他蹙眉了。

杜敬之心思特別敏感、自卑，從小就要察言觀色，看到杜衛家表情不對就不再招惹，看到周末神情不對，就會下意識地覺得被周末討厭了。

杜敬之就像一隻沒有安全感的小動物，看似凶惡，其實最不安，越是表現得凶狠，越是內心裡出現了恐懼。

跟杜敬之在一起，他要無時無刻不提醒自己，別因為不經意的小舉動，讓杜敬之多想。

他心疼杜敬之，也珍惜杜敬之，所以小心翼翼的，只是想更長久地在一起。

「嗯，你繼續說。」杜敬之耐著性子聽了，然後回答。

「我願意為了你努力……」

「你不需要太努力，保持現在的狀態考華大就不是問題，所以這個理由可以忽略了。」

「好，我努力不沉迷於小鏡子的男色裡……」

「不，你必須沉迷，不能放棄，再接再厲，奮發圖強，這才是你的康莊大道。」

周末這個無奈啊，笑著在杜敬之的嘴唇上咬了幾下，才繼續說了下去：「我希望你可以……怎麼說呢……」

「以華大美院做目標？」杜敬之看周末糾結，直接問。

「對。」

杜敬之這回也挺心平氣和的，然後問他：「你這是讓波音七四七跟殲十戰機肩並肩？我是不是要開著我的波音七四七在空中飛出一個愛你的形狀來？」

「既然都能上天，為什麼不能提高速度呢？」

「然後你去我墜毀的地方挖我的黑盒子去？」

「為什麼你對自己這麼沒有自信呢？」

「你去跟我媽說，跟劉天樂跟黃雲帆說，我要考華大，他們都能笑出腦震盪來，你信不信？」杜敬之說著，還往窗戶外指了指。

周末趕緊求饒：「別別別，他們如果在窗外，我會害怕。」

杜敬之也嚴肅下來，然後認真地回答：「周末，我確實喜歡你，也願意為了我們的以後努力。但是不希望你抱著不切實際的幻想，覺得我會因此一飛沖天，畢竟你不是興奮劑，我跟你在一起了，就能變身了。」

「嗯，我承認我的錯誤，的確給了你壓力。」

「我只能保證，我可以努力，也希望你務實一點。」

「好的。」

「既然這樣說開了，我們接下來要做什麼呢？」杜敬之還等著親親呢。

「題庫從第一頁開始做吧，然後遇到不會的問題就問我。」周末說完，就直接下了床，回到書桌前，繼續寫作業了。

杜敬之一個人躺在床上，突然有點懷疑人生。

不過，他還是放棄了，跟著起了身，坐在了書桌前，跟著寫作業。寫完了就開始做題，做到昏天暗地，頭昏眼花。

到了十二點，兩個人才算是結束了今天的複習，杜敬之還是沒忍住，打開了電腦，去看自己的微博。

他本以為這條微博的熱度下去，他就會和之前一樣，粉絲增長基本停滯。

結果，許多娛樂大V以原創的形式發了他的那條微博，然後在微博後面@了他。這組相片就像一個段子一樣，還引來了一個熱門話題，就是平時的樣子跟在姥姥／奶奶家的樣子對比。

這些娛樂大V這麼發了一輪之後，杜敬之的粉絲數到了九萬，右上角的消息提醒讓他連仔細看的勇氣都沒有。

粉絲少的時候，他的微博裡還是平靜的模樣，粉絲們都像小天使一樣，每天給他鼓勵，誇他畫畫好看，誇他長得好看，熱熱鬧鬧的，他也愛看消息。

現在粉絲多了，五花八門，居然還有人私信他，私信裡還在說：你是不是想紅想瘋了，這麼行銷自己，簡直沒有自知之明，真以為出名那麼容易嗎，死娘炮，臭傻逼。

杜敬之本來就是一個脾氣不太好的人，看到這些消息，好幾次都忍不住想要罵回去。

可是他也知道，這個時候他如果罵回去，就會留下黑歷史，讓這些人有了話題，說這個人果然沒有素質，他們果然沒有看錯，然後繼續攻擊他。

他生了一會悶氣，就把微博關了。

周末一直在一邊觀察，在這個時候說：「你現在還在初步階段，大家還不能接受你，是因為你還沒有基礎。等你實力得到了認可，就會有更多的人支持你，到時候有人詆毀你，都會有真的喜歡你的人維護你。」

「你說這些人是不是太閒？我招誰惹誰了，組團來攻擊我？」

「你知道周杰倫吧？他剛出道的時候多少人罵他，說他咬字不清，說他唱的歌難聽。現在呢，他已經很成功了，粉絲越來越多，用自己的實力證明自己，這是最厲害的逆襲。」

杜敬之又垂頭喪氣了一會，這才釋然了：「等老子厲害了！」

「對。」

杜敬之洗漱完畢回來的時候，周末已經倒在床上睡著了，一隻腿還搭在床外，襪子都沒脫，也沒洗漱呢，讓他有點羨慕這種睡眠品質。

他糾結了一會，還是沒叫醒周末，幫周末脫掉了襪子，搬到了床上，給周末蓋被子的時候，周末似乎囈語了幾句，他沒聽清，於是只是在周末額頭親了一下，就關燈睡覺了。

很快到了期末考試，考試對於三中學生來說習以為常，又讓人覺得壓抑。

今天早上準備出門的時候，挺意外地碰到周媽媽居然在做早餐。

周家沒給過周末什麼特殊服務，因為周末上學早，父母上班晚，所以周家父母一般不替周末準備早餐，今天居然意外地起床了。

周末湊到杜敬之耳邊說：「我估計有詐，你按兵不動，我見招拆招。」

「好。」杜敬之回答。

兩個人到了餐桌前，杜敬之坐下就開始悶頭吃餅，周媽媽特意做的蔥油餅，味道不錯。

「周末啊，寒假的時候報個班吧？媽媽給你打聽了一個，時間挺合適，小班授課，就春節的時候休息七天，其餘整個假期都補課，早上七點去就行，晚上九點就結束了。」周媽媽說話的時候特別和藹可親，估計是想用真情打動周末。

杜敬之一聽，這時間安排的，比上學都殘酷，提前體驗了一把晚課。

「聽起來不錯啊。」周末吃了一口餅回答。

「對，聽說老師也都挺厲害，是幾所學校的優秀教師。」

「同班的學生是高幾的啊？」

「跟你一個年級的。」

「一個年級的話，班裡其他學生會拖慢我的進度，一個問題我一次就懂，他們得研究半天，煩。」

周媽媽一聽也有理，於是問：「要不給你報到高三那裡？」

「提前感受一下高考前的壓抑氛圍？」

周媽媽又猶豫了，於是問：「要不給你請個家教？」

「浪費那個錢幹什麼，妳請的家教水準都不如我，上次那個家教，是我給他講題，他恍然大悟之後就跟妳辭職了，妳忘了？」

這回周媽媽不說話了。

兩個人趕緊吃完了早飯，趕緊就跑了。

下樓的時候杜敬之還問周末呢：「你怎麼不去那個補習班啊？現在劉天樂都開始補課了，黃雲帆寒假好像也報了班。」

「你報了嗎？」

「我還是那家畫室，不過上課時間不長，就一個假期班。」

「跟去年一樣吧？加一起也就上一個月課，你看我媽給我找的那個，居然那麼久，我怎麼跟你約會，我現在也是有家室的人了，你說是不是？」

「你不是說以後得一塊努力嗎？」

「你也說了我保持水準就行了，我也確實寒暑假不怎麼補課啊。」

杜敬之看著周末的模樣，有點無奈。

說周末自由散漫吧，這傢伙還自律得厲害；說這傢伙嚴於律己吧，又特別不喜歡補課，如果不是高三晚課是強制性的，這傢伙都能不參加，也虧得周末還一直是學年組第一名。

不過想想也是，也是人家一直保持第一，家裡才不逼他，一直在尊重周末的意見。

到了樓下，杜敬之進超市，買了一瓶百事可樂。

周末站在收銀台前，幫杜敬之結帳，還特意問了一句：「今天怎麼買百事可樂了？」

杜敬之把飲料瓶丟給周末看：「喏，蔡依林。」

周末看著瓶身上的廣告，不由得笑了起來，笑容特別溫柔。

按照三中的傳統，考試的時候是插班考試，每次插班的班級隨機。

杜敬之這次是被安排在了外班的考場，背著包過去的時候還在納悶，這次怎麼就跟一班碰一塊了呢？

進入教室，就看到一班的學生已經坐好了，周末就坐在教室中間的位置上，立即跟他對視了。

在這一瞬間，他確定，是這傢伙做的手腳，沒錯了。

杜敬之進入教室後表現出十分淡定的模樣，坐下之後卻有點小激動。

他覺得，他這輩子最好的運氣，就是用在了跟周末碰巧是鄰居這件事上，其他的時候，真是不怎麼樣。

小學的時候一個年級組就兩個班級，周末是二班，他是一班；初中的時候，一個年級九個班，周末八班，他是四班；現在到了高中，周末是一班，他是七班。

他從來都沒體驗過跟周末坐在一個教室裡究竟是什麼樣的感覺。

找到自己的座位坐下，他幾乎沒帶什麼東西，就一枝2B鉛筆，一枝黑色水性筆，還有就是人來了。

杜敬之在七班的座位有點像是被流放的四人組，扔在了窗戶邊的後排位置。冬天有暖氣，別的地方溫度適中，他們那裡卻熱得人迷糊，不算是個好地方，唯一的好處是能看到周末在樓下檢查衛生。

到了一班，被安排在了靠牆壁的位置，終於找到了春天般的感覺。

坐下以後，他就看到周末坐在座位上，靠著椅背，把一條腿伸到走道裡，一條腿踩著桌子上的横樑，拿著一本書放在腿上看。

然後偷偷從口袋裡摸出手機來，放在書下面，按起了按鍵，沒一會，杜敬之就收到了訊息。

他取出手機看了一眼，發現周末發的訊息特無聊：親親。

杜敬之：看你的書吧。

周末看完訊息，把手機收回了口袋裡。

這個時候一班班導滅絕來了教室裡，拍了拍講桌：「一班的，看看東西都準備好沒，鉛筆、橡皮、水性筆，考試的時候把書都送到前面來，別交頭接耳的，我相信你們不會作弊。還有，我說多少次了，高毅翔，你冷嗎？在教室裡披個大衣，你當是大俠的斗篷啊？還有你周末，腿收回桌子下面去，說了多少次了，別絆倒人，教室裡有別的班的同學，不瞭解你的破毛病。」

周末沉默地收回腿，同時往後挪了挪椅子，這樣坐著才舒服些，佔用的地方明顯比別人大。

其實周末表現得挺淡定的，但是杜敬之的位置能看到周末那書桌下塞不下的大長腿，就忍不住想笑。

結果沒笑多久，七班班導老莊就來了。

老莊姓莊名如，明明長了張娃娃臉，卻非得裝成成熟穩重，不苟言笑的樣子，七班學生就稱呼她為老莊。老莊似乎很想學習一班班導的樣子，沒事就跟在一班班導身後，跟屁蟲一樣。

雖然老莊很喜歡表現出她跟一班班導是同事的樣子，可惜，年齡差距讓她們看起來只是像母女關係。

老莊進入教室，看了一眼七班的學生，然後問：「都檢查一下，看看東西帶齊沒，沒帶齊趕緊回班級取。都帶個水杯，考試的時候喝水，別緊張，知道嗎？」

七班的學生懶洋洋地回答：「知道。」

這個時候，老莊捧著一個盒子到了杜敬之面前，他還當老莊要送給他禮物呢，結果她直接放在了杜敬之桌前說：「這是你一學期收到的情書，這回怎麼這麼多，比往常能多了幾十倍。」
周圍立即發出了一陣驚呼：「哇！」
「我去，不是吧……」
「厲害。」
「不會是自己給自己寫的吧？」
老莊有這個毛病，就是喜歡去學校的收發室查看有沒有班級裡同學的信，或者其他的東西。如果是信就直接扣下，期末考試的時候再給學生，這事已經不是一兩次了，七班學生也開始不再寫信了，或者乾脆寄給隔壁班。
杜敬之也不覺得有人會給自己寫信，根本沒去收發室看過。
他有點納悶，拿過盒子打開看，就看到盒子裡疊著能有七八十封信，給他都嚇傻了。坐在他身邊的幾個學生都湊過來看，一陣驚歎，然後就被老莊趕走了。
「還敬之全球後援會，你都知名全球了？」老莊問他。
他隨便拿起了一封信，發現上面寫的地址是三中，不過沒寫年級跟班級，只是寫了他名字。估計是網上的一些人知道了他的學校，不知道具體年級、班級，寫了個名字就寄來了，好在杜敬之這個名字重名的不多，都被老莊收來了。
再看，還有七中的學生寄來的，估計是七中貼吧裡看到的，想認識他。
他隨便看了幾個封面，就把蓋子蓋上了，回答：「早晚全球巨星。」
「祝你好運了，寶貝敬兒。」

「……妳……」杜敬之雞皮疙瘩都起來了。

「也是信封上寫的，放心吧，我沒拆開看。」

周圍開始響起偷笑聲，他有點不好意思，只是硬著頭皮，把盒子放在班級最後面了，打算考完試再帶走。

回去的時候下意識地朝周末那邊看過去，就看到周末真的在看他，不由得心裡一慌，有種被活捉的感覺。

這個時候，老莊開始跟滅絕聊天了。

「我們班這個棕色頭髮的小男生是不是挺帥的？」老莊問滅絕，有種顯擺的感覺。

「頭髮顏色是天生的？」滅絕看了看杜敬之後問她。

「確實，一直是這個顏色，我故意觀察過好幾次。」

「嗯，長得不錯，就是太瘦了，而且太白了，小男生太白了不好看。」

杜敬之低頭玩筆，假裝自己聽不見。

可是這倆人聊得太明目張膽了，反而弄得他有點尷尬了。就好像去廁所，一開門裡面蹲著一個人，對方還沒尷尬，他先尷尬了。

緊接著，倆人就聊到周末了。

「你們班的那個男生也挺好看的，長得端正。」老莊指的估計是周末。

「長得好看不安分，這麼大點就早戀，正是關鍵的時候還分心，一點也不懂事。」滅絕一提周末就生氣。

「現在的孩子都這樣，妳都管不住，我們班那個，一學期收到八十七封信。」

「不知道好好學習，以後肯定後悔。」

說到這裡，兩個人就說起了往年的畢業生，誰誰誰高中就在一塊了，還是倆好學生，一起考上華大了，結果大一就分手了。還有誰誰誰高中愛得要死要活，家長要他們分手，兩人還鬧絕食，到了大學男生就出軌了。

杜敬之拄著下巴聽，有點無語。

周末坐在座位上老實了一會，又把一條腿伸出了書桌外，還壓了壓腿解乏。

大家都在鬧著，準備等考試開始呢，結果滅絕突然問了一句：「周末，你女朋友功課怎麼樣？」

周末被嚇了一跳，似乎很是自然地收回了腿，然後回答：「嗯……長得挺好看的。」

「就是功課不太好？」滅絕這個犀利，一下子就抓住了重點。

「他挺努力的。」

「你別被她帶歪了。」

周末有點無奈，歎了口氣：「知道。」

「怎麼，還不耐煩了？」

「不是……自從妳知道以後，一天敲打我六七次……」

「還不是關心你!?」

周末坐在位置上欲哭無淚，顯得垂頭喪氣的，學年組第一名，就這樣被滅絕折磨得語無倫次，都不知道該說什麼好了。

滅絕還沒完：「寒假該補課就補課，別老想著約會。」

「嗯……」

「這次考試成績下降就找家長！」

「嗯……」

杜敬之看著周末的樣子，突然有點同情，原來他在一班的時候是這種待遇啊。

他一直以為周末成績好，性格好，這麼一個品學兼優的學生，老師會對他慈眉善目的，沒想到滅絕居然沒事就收拾周末一頓。

他咧著嘴，看著周末被收拾，笑容好半天停不下來。

跟著在一班考試的還有周蘭玥，此時也趴在書桌上看著周末一個勁地笑，險些笑出聲來，似乎覺得周末這個人又真實了不少。不像平時那樣，看著就不是一個世界的人。

很快到了考試時間，開始發考卷，進行考試。

考試過程中，老師收走了手機跟書，大家安安靜靜地進行考試。

周末答題的樣子杜敬之見過許多次了，畢竟兩個人經常在一塊寫作業，不過考試的樣子，杜敬之還是第一次見到。

一絲不苟地審題，幾乎沒有猶豫地答題，模樣從容淡定，充滿自信，帶著學霸光環一樣，特別帥氣。

他也跟著寫題，總覺得，能跟周末在一個教室裡，空氣都是甜的。

到了中午，吃完飯後，四人幫又在一班集合了，他們跟其他的學生不一樣，一般不聊考卷，只是閒聊寒假幹什麼。

劉天樂坐在桌子上，手裡還在擺弄放信的盒子，挨個信封拿出來看，卻沒打開，估計也是好奇：「我跟柯可一塊補課，我發現她也挺聰明的，平時我們那個補習班也考試，她成績比我差點，但是在七中排前三十名，我在三中排不上名次。」

「氛圍不一樣，如果我能選擇，我估計不會再來三中了，顯得我像個笨蛋，在七中我估計還能有點自信。」黃雲帆說著，唉聲歎氣了好一會，「我家裡強制性讓我補課，整個假期我也就過年那幾天能休息。」

「我還挺喜歡寒假的，能晚起幾天了。」周蘭玥回答。

「我也挺喜歡週末的。」杜敬之突然接了一句，「因為也能休息。」說完，就自己臉紅了。

劉天樂跟周蘭玥都知道他這句話是一語雙關，根本忍不住內心中的鄙視，直咧嘴，就黃雲帆繼續說話了：「我猜我下學期的週末也得補課了，慘啊！」

杜敬之覺得臉有點燙，把臉貼在書桌上降溫，同時朝周末看過去，看到周末坐在位置上看書，突然揚起了嘴角，一直在笑，估計是聽到他的話了。

哎呀，他的男朋友怎麼這麼帥呢！笑的時候太好看了。

他又把臉轉了一面，面朝牆壁，怕其他人注意到他臉紅，心裡還在抱怨：就算靠牆壁這邊，也好熱啊，看把他的臉燒的。

期末需要把書都帶走，裝成一副會回家複習的樣子，這使得杜敬之的書包史無前例的沉。放學的時候，杜敬之背著包，因為是單肩背包，覺得身體都在往一邊偏，手裡還抱著一盒子信回了家。

下車後周末就到了他身邊，伸手拿過去了盒子，算是幫杜敬之拿著，然後問他：「都是網友寫給你的？」

「好像還有七中女生寫的。」他回答，同時給包換了一邊繼續背著。

周末的注意力全在盒子上，根本沒注意到杜敬之的包有多沉，說得好像不在意似的，估計也挺在意的：「哦，小鏡子果然好受歡迎啊。」

「網友不是網上留言就行了嗎，怎麼還寫信？」

周末捧著盒子，笑迷迷地回答：「因為網路普及了，所以這種古老的方式會顯得特別真心，一筆一畫寫出自己的心意。」

「那你不準備給我寫一封情書？」杜敬之反問他。

「我喜歡在你面前說給你聽。」

「呿，沒誠意。」

周末依舊是笑呵呵的模樣，同時把盒子打開：「七中女生的情書就扔了吧，粉絲的信留下就行了，這也是你人氣的證明，值得珍藏。」

「所以你就這麼理所當然地把給我的情書扔了？」杜敬之揚眉，問道。

「難道你想留著？」

杜敬之沒直接回答，而是問了其他的問題：「對了，有女生給你寫情書沒啊？你怎麼處理的？」

周末突然覺得杜敬之有點學壞了，知道先詐他的話了。

不過他還是挺淡定的，依舊是雲淡風輕的模樣，然後回答：「我啊，收到過吧，不過直接拒絕了。有給我傳訊息的直接不理，好友申請一般不會通過，就這樣。」

「噫，圓規哥哥好冷酷啊。」

「不然呢，我會跟那些對我表白的女生做朋友，然後溫聲細語地安慰，加她們好友每天聊天，睡前說晚安？」

杜敬之沉默了，扭頭看向周末，面無表情，思考了一會才拍了拍周末的肩膀說：「你幹得不錯，繼續保持。」

回到家裡，杜敬之把這些信挑挑揀揀，挨個拿出來看了，確定是粉絲寫來的，會打開大致看一眼，然後再裝回信封裡看下一封。

就好像小孩子得到了新的禮物一樣，杜敬之坐在地板上，擺弄了半天。

周末初期還挺平靜的，坐在杜敬之的房間裡，複習著明天要考的科目。結果一扭頭，就看到杜敬之拿著一張相片正在看，不由得皺眉，湊過去看，就看到杜敬之手裡拿著一個女生的相片。

注意到周末看過來，杜敬之還晃了晃手裡的相片：「七中的，長得還挺好看的，我發現七中的顏值普遍比三中的高，你說，是不是七中的女生比較會打扮，三中的女生大多光讀書了？」

周末拿來相片看了一眼，是一張大頭貼，相片裡的女生確實長得不錯，看起來挺溫柔的，瓜子臉，杏仁眼，長髮披肩，故意賣萌，還挺可愛的。

他看了之後，沉默了一會，然後伸手去拿杜敬之手裡的信。

杜敬之直接收走了，趕緊疊好，然後往信封裡塞：「別看別看。」

他看著杜敬之匆匆忙忙地將所有信都收拾起來塞到了床底下，有點無奈，然後跟著盤腿坐在杜敬之的對面，盯著杜敬之看。

「怎麼了？」杜敬之問他。

「小鏡子這麼好，被人用情書撬走了怎麼辦？」

「放心吧，信被老莊扣押了這麼久，那些人得不到回信，估計就放棄了，我也就是好奇他們都寫了什麼。」說著，從周末的手裡拿回了那個女生的相片，然後塞進了盒子裡。

周末一直沉默地看著，然後只是說：「準備考試的內容吧，我們倆一塊複習。」

因為是期末，兩個人沒再一起睡，而是在複習後，周末就回了自己家，回到家裡，房間裡依舊亮著燈。杜敬之猜測應該是滅絕給了周末壓力，讓周末不敢掉以輕心了。

到了畫架子前，他看著那張還沒收起來的海報完成圖，不由得有點惆悵。

前陣子周末幫他收了兩份工作，一份海報，一份同人圖。

海報的約稿人特別挑剔，各種挑毛病，一幅畫修得面目全非，幾乎磨沒了杜敬之的耐心，這才算是搞定了。

同時進行的還有同人圖，草圖定稿、色彩定稿都非常順利，約稿人特別好說話，讓杜敬之下意識地先完成了同人圖，結果要對方匯款的時候，就有點無語了。

海報圖定稿完畢，掃描完又修改了幾次，對方當天就匯來了稿費，是網銀操作的，讓杜敬之也想去辦一個這東西。

結果同人圖那家在最後出問題了，非得說什麼掃描圖格式不對，成品發給他們之後他們需要再找人修改，平白多花了一份錢，說什麼兩邊一塊分擔，尾款沒付，還弄得約稿人很慷慨似的。

明明事先就說好了，杜敬之只能畫實體後掃描，對方也再三表示可以，結果到最後卻變卦了，明顯是在欺負新人不懂行。

到最後，海報圖的全部稿費給得那叫一個大方，還表示要繼續合作，同人圖那家店則是比約定好的稿費少給了四千塊，氣得杜敬之想把之前的稿費也退了，讓他們乾脆別用自己的圖！找別人重新畫去！

結果周末特別淡定，只是告訴杜敬之：「錢不退，不然真的是白忙一場，小鏡子，你記住這家店。」

「怎麼？以後不再合作了？我心裡不舒服。」

「不，等你人氣高了，一呼百應的時候，讓他付出更慘重的代價。」

在那一瞬間他才發現，他們倆的想法，根本不在一個層面。

經歷了這次的挫敗，杜敬之又開始思考關於接約稿這件事情了。

他開始知道賺錢不容易，還有就是江湖險惡，壞人太多了，最開始偽裝得很好，提到錢了就直接翻臉不認人，讓他大開眼界。

他還需要成長，用平常心對待，然後增長閱歷，分清楚哪些是人，哪些是狗。

想清楚這些，他到了書桌前，打開筆記型電腦，打開私信，耐著性子在一堆罵人或者誇讚裡尋找新的約稿，最後接到了一份畫封面圖一份畫雜誌插畫的約稿。

之後，他又插上手繪板研究了一陣子，要睡覺的時候，他蹲在垃圾桶前打算剪手指的指甲，然後就看到了一些碎片。

他下意識地撿起來幾片，然後認出來，這是他之前給周末看過的七中女生的相片。

在這一瞬間，他突然心裡有些不舒服。

如果周末當面跟他說，他會把這張相片跟信都扔掉不理。但是周末不說，而是私底下撕了女生的相片，讓他有種……周末其實私底下是壞的，會在私底下做一些邪惡的事情，不像表面那麼純良的模樣。

拿著相片的碎片看了好一會，他才又扔了進去，不再理了，指甲也不想剪了。

期末考試結束後，杜敬之就開始安排自己的寒假了。

主要內容就是去畫室。因為報的是假期班，所以課程不算太緊，最可怕的是高三上學期不再去學校，而是直接在畫室裡進行魔鬼訓練。藝考結束，又要回三中跟著進行最後衝刺。

高二下學期還能再稍微偷懶半年的時間。

然後就是複習，他就算是藝術生，也不能丟了文化課，就算他是三中的學生也不能靠課上聽的就妥妥地通過高考。在這段時間裡，能多學點就多學點吧。

最後就是在業餘時間學習使用手繪板，然後接幾份工作，盡可能給杜媽媽減輕負擔。

因為之前一直處於期末階段，需要複習，外加畫那兩份約稿，所以一直沒真的接觸手繪板。

插上手繪板，打開軟體，他開始試筆刷，隨便畫了點什麼，發現只要軟體會用了之後就挺簡單的。上色方面還不是太順手，總覺得跟直接用畫筆的感覺不太一樣。

不過，這些都是日後可以磨練的，他覺得他能處理得很好。

他想了一會，總覺得該畫點什麼，於是開始用手繪板畫日常小漫畫。

正勾勒著，周末就敲了敲陽臺門。

這幾天杜敬之一直對周末很冷淡，也是因為周末私底下撕了相片的事生氣。

周末似乎也察覺出來了什麼，卻一直在裝傻。

這回周末過來敲門，杜敬之也不想理，不過顧及到外面挺冷的，看到周末只穿了件毛衣，最後還開了門。

周末進來之後，直接開了口：「等返校回來，我們倆去冰城玩吧，去看冰燈順便滑雪，怎麼樣？」

杜敬之沉默著，沒說話，只是繼續畫畫。

周末在這個時候走到了杜敬之身邊，強行轉過了杜敬之的椅子，讓杜敬之面對自己，然後用手按著杜敬之的頭，讓杜敬之點了兩下頭，周末還在同時配音：「嗯嗯，好的。」

這舉動給杜敬之氣得夠嗆，直接朝周末一腳踹了過去。

064

周末依舊是嬉皮笑臉的模樣看著杜敬之，沒有什麼異常。

他實在不想看到周末，現在看到周末就會覺得彆扭，於是擺了擺手說：「再說吧。」

然後繼續畫漫畫。

杜敬之在跟周末生氣，卻在畫他們倆的日常小漫畫，突然覺得有點尷尬。又覺得此時換一張圖畫太明顯了，於是只是悶頭畫畫，也不說話。

這一回畫的是他登山的時候，周末幫他處理腳上傷的那段小故事，依舊是簡單的小清新風格，人物可愛，且特點鮮明，配上鮮明的色彩，顯得活潑可愛。

圖裡沒有對話，只是用人物神情以及肢體表達其中意思。

這個漫畫條跟上一條算是連載，因為這回用了手繪板，更加清晰了，估計接受度會更高。

畫完之後，他轉了一個格式保存，存成了ＪＰＧ格式，又在圖像裡打開，遠遠近近地看了好半天。然後切回圖裡，又修改了幾處細節，修改好之後就打開微博發了上去。

因為有陣子沒更新微博了，這條微博剛發佈，就引來了一群尖叫的土撥鼠，讓這條微博瞬間人氣暴漲。

杜敬之盯著右上角變化著的數字看了一會就伸了一個懶腰，一回頭，就發現周末依舊坐在旁邊，拿著手機正在看什麼。

他有點好奇，湊過去看了一眼，發現周末居然在看小說。

遲疑了一下，他還是問了一句：「你看什麼呢？」

「考試的時候，跟那個小周妹妹要了一份文包，她剛傳給我。」然後繼續翻頁，認認真真地看，完全把那些小說當成參考書看了。

他當即驚訝了，問：「你跟她要這玩意了？」

「嗯，她還跟我說，這些只是部落格裡練筆文打包的，想看精彩的還得去網站看正版連載小說。」

他吞了一口唾沫，有點懷疑周末是因為他說了周蘭玥給他文包的事情才跑去跟周蘭玥要了這東西，於是問：「你跟她要，她就給了？」

「嗯，挺痛快的，就是笑了半天，她平時是一個挺愛笑的女生吧？」

「屁！她只是一個缺心眼。」他說著，直接搶走了周末的手機，拿過來看了一眼，然後表示，「別看了，沒什麼好看的。」

說著就進入了手機資料夾，準備刪文包。

周末伸手將手機拿了回去，放進了口袋裡，然後看向杜敬之，說：「我們聊聊天吧。」

沒能刪掉文包他有點不甘心，還在想著找機會就給刪了：「不是正在聊著嗎？」

周末點了點頭，然後說道：「那天我有點生氣。」

他看著周末，沒說話，這開場白他沒法接。

「我之前已經說過了，我是怎麼處理那些情書的。結果，你居然當著我的面去看別人寫給你的信，還似乎對那個女生很滿意的樣子。我在你去廁所的時候，就拿出來給撕掉了，其實我很努力，那個大頭貼上面貼著一層膜，還挺難撕的。」

周末不愧是周末，這事居然還說得挺委屈的。

既然周末都願意主動說這件事情了，他也就不客氣了，直接問他：「那你怎麼就不當著我面說，非得背著我來呢？」

「因為那天劉天樂說，吃醋表示對你的不信任。」

「你還挺有理由了？你不當面吃，背地裡吃不也是不信任？」

「我錯了。」

對於周末的秒慫，他算是服氣了，之前的泡麵都沒有二話地跪了，道個歉根本不算什麼，無語了好半天，什麼也說不出來。

他從口袋裡取出了自己剩下的零用錢數了數。

到現在，杜媽媽給他留的錢因為約會加買禮物，比平時花得多了點，目前還剩下三千五百塊錢。卡裡的稿費還沒動，裡面目前有兩萬元，他自己粗略算了算，然後扭頭去看筆記型電腦。

查詢了一會，才嘟囔了一句：「從這裡到那邊得七個小時火車呢，買臥鋪票吧，盡可能買個下鋪，方便點。」

周末坐在旁邊有點忍不住笑，杜敬之就是標準的刀子嘴豆腐心，之前還在生氣，考試這幾天態度也特別冷淡，但是只要把話說開了，他就原諒周末了。

說到底，還是愛慘了這個人，才不捨得生這個人的氣。

「嗯，好。」周末回答。

「住的地方要提前訂嗎？我操，現在是春運高峰期，車票有點難訂啊，要不然我們去火車站碰碰運氣？」

「我已經買完票了。」周末回答的時候還挺淡定的。

他嚇了一跳，現在這個時期的車票可不好買，尤其是臥鋪，這幾天他們都是在考試啊，周末哪有時間去買？

看他驚訝的模樣，周末依舊溫和地微笑：「我請我爸幫忙買的，他托人買了往返的，都是軟臥。」

「你跟家裡說了要跟我一塊出去？」

「肯定的啊，因為是買兩個人的票。」

「家裡……沒懷疑什麼吧？」

「沒有，有什麼可懷疑的？我們倆不經常在一塊嗎？」

他抿著嘴唇，思量了一會才問：「你打算跟家裡說我們倆的事情嗎？」

「自然是要說的，不過現在還不是時候。」周末回答得特別乾脆。

「哦。」

「你呢？」

「等我媽離完婚，不然我怕我媽會太擔心，事情太多，會把她壓垮的。」

「也是……」

杜敬之開始跟周末念叨自己的計畫：「其實我想先買個筆記型電腦，不能老用你的，然後辦半年的寬頻，現在用這個上網卡太貴了，而且還不夠用，想看個影片都捨不得。」

「寬頻可以從我家裡拉一根線過來，反正我家一直都有，但是不怎麼用。」

「不，這個房子我家住不了多久了，別便宜了之後的人。」

「就從我的房間往你這裡拉一條室外線，你們搬走之後，就把線撤掉就可以了。」

杜敬之思考了一下，點了點頭，然後打開瀏覽器，查詢目前的電腦多少錢。他的預算也就是兩萬元左右，先暫用著，畢竟不是有錢人不追求什麼品牌，結果查來查去，發現符合他標準的多半兩萬元以上。

他突然想向現實低頭，感歎了一句：「我操，錢有點緊啊，看來得在這幾天趕緊把這兩份約稿畫完。」

杜敬之現在還處於不好意思要高價的階段，之前的那個封面是五千元稿費，編輯表示很滿意。這回又接了一個約稿，也是封面，風格相似，只是內容不一樣，他思前想後半天，也只要到了六千五百元，看到對方同意了，還覺得對方很大方。

至於插畫，說真的，稿費給得很低。

對方表示是注意到了最近的微博動態，他是最近的熱門人物，所以願意破例跟他約幾張彩色插圖，還會對他進行簡單的採訪，對他進行宣傳。

同時，還說了一大堆關於畫插畫可以積累經驗，利於長期發展，在這裡發表作品也會招攬更多的粉絲的條件，還說很多圈內知名的插畫師都在他們的雜誌上發表過插畫，並且列舉了幾個名字。

之後，給出的稿費是約稿六張，全彩，每張稿費一千五百元。

其實這種工作量很大，一個彩圖不亞於一個封面，錢少，數量多，還被扣了一大頂「為藝術獻身」的帽子。

他有點不想接，拒絕了之後，對方討價還價半天，才表示可以每張給到兩千元，如果第一張通過了，可以適當再加點。等以後他有固定粉絲了，稿費好談，現在他也跟公司申請不下來更高的稿費。

他思考的時候點進去編輯列舉的一個畫手的微博去看了，發現粉絲都挺高的，最高的一位粉絲有三十四萬，最低的一位也有三萬粉絲，並且有微博認證，寫的就是這家雜誌的畫手。

於是他切回私信問那個編輯，跟他們合作之後可以申請微博認證嗎？

編輯立即回覆微博認證他們可以幫忙，於是他才勉為其難地接受了。

這些出版社給錢都費勁，得每個月審批之後才能支付，插畫是書上市後次月才能收到，所以他頂多能收到封面的定稿稿費。

杯水車薪啊……

他查了一會，總覺得心灰意冷，切出去去看新發的漫畫條的評論，不由得有點喜悅，因為那些找事的神經病已經少了很多了，目前都是很可愛的粉絲，沒上頭條，留下大多是真愛粉。

堇年華裳：終於等到你，還好我沒放棄。

齊讓：我需要一個這樣的男朋友，兩個裡哪個都行。

顧女士曠日持久：哦豁，四捨五入就是一場戀愛大戲啊。

柯柯：敬兒全球後援會簽到。

羽生結弦女友：好可愛，求連載！

丹青妙手：感覺圖裡的小受好像敬兒啊，甜。

他看了這些回覆之後，忍不住回覆了柯柯，問他：給我寫過信的是你嗎？

很快，對方就回覆了：我！我！我被敬兒翻牌了嗎？啊啊啊啊啊！是我是我是我！沒錯沒錯！需要人工呼吸。

他再次回覆：你這是碰瓷啊。

柯柯：敬兒，我覺得我還可以再搶救一下。

他看著這句話，好半天不知道該怎麼回答，被粉絲調戲的時候他還是有點無所適從，遲疑了好半天，最後還是沒再回，而是繼續看其他的回覆。

他這個人還是不擅長應付粉絲，也不怎麼會聊天，他怕聊著聊著就跟粉絲對罵起來了。

看了一會，他忍不住問周末：「你說，這算不算公開秀恩愛啊？」

「這只能算間接秀恩愛，我們秀得很矜持。」

說是這樣說，杜敬之還是很有警覺地開始檢查自己的微博，發現有「圓規哥哥」這些字眼的微博都刪掉了，並且讓周末換個微博名字，因為認識周末的人不少都知道他有這個外號。

「我覺得，以後知道我微博名字的人會越來越多，畢竟上次粉絲都鬧到學校門口去了，還有粉絲給我寫信。如果被熟悉我們的人看了微博，會發現我們的關係，造成不必要的麻煩，所以還是小心點好。」他刪除了一些微博後，切換了周末的帳號。

杜敬之不怕事，卻也不想鬧得太麻煩，至少讓他暫時混到高考結束。

「那我叫什麼好呢？」周末問他，同時坐近了一些，一隻手搭在椅背上，杜敬之幾乎是坐在周末的懷裡。

「起名真的好難啊，我真的是一個起名廢，你有什麼其他代稱嗎……他們都叫你畫外音小哥。」

「那就叫這個？」

「太隨意了，不好。」一點也不高端大氣上檔次。

「那叫……敬兒後援會會長。」

他一聽就「噗哧」一聲樂了，扭頭看向周末，抬手捏著周末的下巴，晃了晃周末的臉，看似惱火，其實在忍笑，同時質問：「你當會長當順手了是吧？」

「完全想不到名字啊，你說怎麼辦？你看我現在這個名字，也夠隨意的了。我爸說當初讓我叫周末，就是為了朗朗上口，外加名字簡單，老師用點名簿叫人回答問題的時候，叫我回答問題的概率增加。」

「其實說起來，叔叔也算是得逞了。有的時候，我在想，我當初是不是起個藝名更好，結果一下子就真名上陣了，現在有點不好改。要不你就起個藝名，黃胖子那裡的網名最多，我去他那邊偷一個。」

黃雲帆這個人是標準的趕時髦少年，經常改自己的網路資料，這玩意都能排個版型，然後還會截圖，發到網路空間裡去留紀念。

他在黃雲帆的網路空間翻找了一會，杜敬之決定叫「夜之薰」，感覺挺牛逼的。

「夜之薰……聽起來像蚊香似的。」周末忍不住嘟囔了一句。

「你現在就彎得跟蚊香一樣了。」

周末立即笑了，不過還是在抗議：「改改改，叫橋斂之，獨木橋的橋，收斂的斂。」

「什麼破名？」

「木字旁，反文旁，之。」

杜敬之。

橋斂之。

周末說完杜敬之還反應了半天，最後把字打出來，才發現這傢伙是跟他低調地起了一個情侶名，於是開心地給周末改了名字。

看著周末微博只有孤零零七十四個粉絲，以及沒有一條微博的樣子，不由得覺得自己有點杞人憂天了，估計沒幾個人能發現周末的微博。

「你覺不覺得你微博有點空？」杜敬之指了指電腦螢幕。

「那發幾張你的相片吧。」

「發我幹什麼啊，你隨便發點什麼，比如生活照啊，風景照啊，或者其他的。」

「那從冰城回來吧，發點旅遊的照片。」

「也行。」

期末考試結束，進入了寒假，兩個人都鬆了一口氣，開始放鬆。

這一天周末難得沒有看書，只是坐在杜敬之的房間裡，跟杜敬之聊天，外加時不時看一眼手機裡的小說。

杜敬之則是在做完這些事情之後，開始畫草稿。

他先畫的是封面圖，因為這個稿費比較快，先定稿，他能夠拿到定稿的稿費，就可以去買筆記型電腦了。

「你說，有沒有畫什麼東西速度快，稿費也快的？我想先把電腦買了。」杜敬之一邊畫草稿，一邊問周末。

周末躺在杜敬之的小床上，看著手機裡的小說，同時說：「你可以發一個求約稿的微博，然後看都有誰約稿，哪個付款快，就先畫哪個。」

「可以啊！」

「不過這個你得先畫幾個例圖，你家裡這些畫都太有專業性了，其實用處不大，拿出你平時練手的卡通畫或者速寫做例子，再畫一些其他的圖，然後發個廣告。」

他一聽，也跟著點頭，然後苦惱起來：「還是得畫新圖啊！」

「當然啊，人家不知道你的風格怎麼約稿？」

「好吧，等我畫完這個草圖就開始研究。」

畫完草圖，已經到晚上九點多了，他用手機拍下來之後，傳到了電腦上，之後發給了編輯。發送完畢，他先是搜索了一下別人那些求約稿的微博都是什麼樣的，逛了一圈之後發現自己的例圖確實有點少。

他平時畫的畫大多是速寫、素描、色彩。畫畫石膏像，畫畫鍋碗瓢盆水果盤，畫畫路邊景物，再就是畫周末。

在周末的鼓勵下，他才開始畫小漫畫，偶爾興致來了，會畫一些其他的畫，在學校多媒體樓裡的那幅壁畫就是其中之一，早就被周末掃描到電腦上了。

還有就是之前畫的幾幅畫，不過約稿人要求不能發原圖到網上，他的例圖還是有些欠缺。

杜敬之看完了之後，自己嘟囔了起來：「戒驕戒躁戒色，耐心學習，努力進步，生命不止，賺錢不息。」

「最後一個不用戒。」周末突然說了一句，然後站起身來，把手機放進了口袋裡，「我先回去了，準備一下出去要用到的東西，你也早點休息。」

「這麼早就收拾？」

「回去查攻略，看看都需要什麼，然後提前買啊小笨蛋。」

「操！你小子最近挺囂張啊！」

「別這麼嚴肅，你忙你的，也別太著急，實在不行這次旅遊我請客，下次你來請客。」

「知道了。」杜敬之擺了擺手，這些都是小事，他不在意。

周末離開之後，杜敬之又陷入了一陣迷茫的狀態。

畫點什麼呢。

盯著窗外，發了一會呆，然後再次坐在了筆記型電腦前，打開軟體，一邊練習手繪板，一邊畫畫。

他第一個準備畫的，是十二個月擬人。

因為用手繪板還不是太熟練，他只是先勾勒了一個輪廓。

在他的腦海中，想到一月，就想到了一位冷漠且穩重的男人，身材修長，氣質內斂，明明很帥，卻有著寒冷的氣質。這個男人穿著呢絨大衣，圍著厚重的圍巾，模樣看起來一絲不苟。

二月在他的腦子中，是一對童男童女，不過他沒有畫成孩子，而是少年跟少女，看上去十四五歲的樣子，穿著帶有東方特色的衣服——錦緞袍子。少年還是長髮，有著爽朗的笑容，少女則是雙馬尾，為的是體現二月分過年，衣服也帶著點年味。

為了畫好衣服，他還特意找了一些圖片作為參考資料，卻沒有照搬，而是自己一筆一畫畫出來，衣服跟造型都是自己的獨特創意。

三月給他的印象就是春天，然後畫的是一名十七八歲的少女，穿著淡綠色搭配暖黃色的襦裙，在頭髮上他就勾勒了能有十幾分鐘，擦掉了畫，畫了再改。人物的整體形象就是甜美可人，帶著春天般微笑的溫柔姑娘。

畫完這三個月的擬人草稿，他開始仔細地勾線。

用手繪板跟在紙上畫完全不同，他可以一個勁地 Ctrl+Z 返回上一步重新畫。還可以調節筆刷，調節線條粗細，十分方便。

不習慣的就是需要抬頭盯著電腦螢幕，手在手繪板上比畫，沒有在紙上有手感。不過用久了，也能習慣。

結果第一個人物勾線快完成一半了，才發現沒新建圖層，是在原圖層上畫的，讓他鬱悶了好一陣子，不知道是用橡皮擦好還是重新畫好，煩惱了好一會，才決定重新畫一遍。

平時的杜敬之總是沒有耐心，點火就炸，他覺得他簡直是把自己全部的愛都獻給了畫畫，會自己鑽研，也願意為了畫畫而努力，拿起畫筆畫一整天，依舊有耐心。

從小的時候起，他就喜歡畫畫，用蠟筆畫畫的時候色彩搭配得特別漂亮，畫出來的作品好幾次讓學校的老師覺得是家長代勞的。

杜媽媽看杜敬之喜歡，就幫杜敬之報了一個興趣班，那是杜敬之最幸福的一段日子。不過因為報班花了錢，杜衛家不爽了好一陣，杜敬之生怕杜衛家會讓杜媽媽去退學費，不讓他上課，賣了好一陣子的乖，認認真真地做一個聽話的兒子。

不過後來他還是無法忍受這個父親。

在他看來，對杜衛家服軟，算是他為了畫畫做的最大的犧牲。

悶頭一直畫，畫到了淩晨一點多，才給兩個人物描了線，主要是不順手，重來的次數太多。

他簡單地活動了一下肩膀，站起身來，朝窗戶外看，看到周末房間的燈也亮著，於是立即給周末發了一條訊息：趕緊睡覺吧，我去洗漱了。

周末很快回覆：好的，晚安。

他放下手機，微笑著去洗漱，就算不留在身邊也知道周末一直在陪著他，這感覺真不錯。

066

第二天一早剛醒，杜敬之就起床洗漱，然後回到房間打開筆記型電腦繼續畫畫。

把四個人物全部勾線完畢後，他開始研究上色，再次不適應。兩個軟體切換著來，發現兩個軟體都用得不夠熟練，不知道哪個上色更順手。

上色兩個多小時，他對於顏色不是很喜歡，於是捨棄，打開電腦翻找影片教學，繼續看了起來。

其實畫畫是一個十分枯燥的過程，經常過了很久沒有什麼實際進展，一直在細化一個細節。他之前看的是加速的影片，發現自己是初學者看起來有點吃力，還記不住什麼，於是開始找正常速度有解說的，耐著性子看了下去。

在看影片的時候，周末來了，還穿了外套，手裡拎著一雙外出穿的鞋子。

杜敬之正盤著腿坐在椅子上，看到周末進來，不由得問：「你要出門？」

周末正在竊喜，因為他發現最近杜敬之不會反鎖門了，從外面就能打開兩道門，同時回答：「嗯，準備出去買點東西，一起去吧？」

「我得看教學，然後畫畫，把例圖拿出來，等我做完這些之後去吧。」

周末點了點頭，買東西這事並不著急。

他進來之後，把鞋子放在房間的角落，脫掉外套，走過來坐在杜敬之身邊，跟杜敬之一塊看影片，看了一會就忍不住說：「我覺得你比他畫得好看。」

「我是在學習上色，別比較這個。」

看完影片，已經到了上午十一點多，杜敬之起身，準備跟周末一塊出去吃東西，同時問：「旅遊都需要準備什麼東西？」

周末從口袋裡掏出一份清單遞了過來，杜敬之低頭一看：去冰城必須要去的地方。

「呃……這個是旅遊規劃？」杜敬之問。

「哦，給錯了。」周末又掏了掏口袋，再次掏出一張紙來。

杜敬之看完了這個嫌棄啊：「我說你小氣不小氣，居然就用兩張紙做了個旅遊規劃，萬一丟了怎麼辦？做人能不能大氣一點？」

周末抬手指了指腦袋：「都記在腦袋裡了。」

「哦，購物清單第六行是什麼？」

「……」

「噢！」

杜敬之走到櫃子邊，一邊脫睡衣一邊打開櫃門找衣服，光著上身露出白皙的皮膚來。

周末在這個時候走過來，一下子從後面抱住他，壓著他，就開始在他的後脖頸以及後背亂親一通。

如今的周末真的是越來越放肆了，杜敬之直咬臼齒，下定決心再也不喝酒了。

他們兩個相敬如賓了幾天，色腿明顯有點憋壞了，壓得杜敬之只能扶著櫃子才能繼續站立。

周末的大手一個勁地在他身上游走，還在兩點粉紅上捏了幾下，並且把杜敬之的睡褲脫到了大腿，就那麼尷尬地掛著，不上不下的。

「別給我親得濕乎乎的，噁心不噁心？」他忍不住罵了一句。

結果周末特別賤，在他的耳根下面舔了起來，弄得他身體一顫。然後周末握住了那裡，笑嘻嘻地吻著他的耳廓，說話的時候唇瓣還在他的耳朵上輕柔地滑過：「我發現跟小鏡子在一起，有的時候不能聽你說的話，應該問你這裡，比較誠實。」

杜敬之都被氣笑了，身體往後靠，整個人依偎在周末的懷裡，讓周末的懷抱環繞他，然後溫暖他的身體。

「談戀愛都這麼色嗎？」杜敬之懶洋洋地靠著周末，問了這樣一句話，任由周末在他身上胡作非為。

「別人我不知道，不過我覺得世界上有這麼多的人，就證明有許多男女做過色的事情，更何況還有我們這些男男女女的。」

「我有點無法直視男男女女這個詞了。」

杜敬之被周末來來回回、上上下下、左左右右地擺弄了個遍，用衛生紙收拾狼藉的時候，已經有點虛脫地跪坐在地板上了。

他一邊擦一邊問：「幾點了？」

「馬上十二點了。」

「被你浪費了將近一個小時。」

周末蹲在杜敬之身邊，又湊過來在他的額頭親了一下，發出「啵」的一聲，弄得他直無奈。

其實準備出門的時候他就餓了，現在還射了一些子孫後代出去就更餓了。

清洗完再穿好衣服出門已經中午十二點多了，兩個人走出社區迷茫了一陣子，然後杜敬之直接表示：「我們去吃大戶吧。」

「嗯，好的，我也想姥姥了。」

「嘖，嫁進門了嗎，就叫得這麼親切了？」

「姥姥經常說，恨不得我就是她親孫子。」

「這要放娛樂圈，你就是跟我搶男主角的位置！信不信老子封殺你！」杜敬之說完，用手指在周末的胸前戳了戳，就直接去了公車站。

到了寒假期間，杜姥姥家的小飯館生意也冷清了不少，他們到的時候，只有兩桌人在吃東西，剛坐下，就又走了一桌人。

「服務生，點餐！」杜敬之扯著嗓子喊道，結果杜姥姥過來之後，直接給了他後腦勺一巴掌。

「小兔崽子，不會自己去廚房幫忙啊？」

杜敬之這個不高興，從兜裡掏出來錢往桌面一放：「我是來消費的！顧客就是上帝，你怎麼對待上帝的？」

「哎喲，趕緊把錢收起來，金額太大，店裡存糧不夠，招待不了。」杜姥姥也是個大嗓門，說完引得旁邊服務生都在笑。

「姥姥我想吃冷麵。」周末在這個時候開口，坐姿那叫一個端正，態度那叫一個親切，坐在這個簡陋的鋪子裡，簡直就是一副「乖巧可愛」的模樣，反倒把杜敬之顯得像個小流氓。

「這大冷天的，吃冷麵能行嗎？」姥姥對周末說話的時候就慈眉善目多了。

「就是突然想吃，就跟天冷躲被窩裡也要吃雪糕似的，是一個道理。」

「行，姥姥給你做。」姥姥笑呵呵地看著周末，說完後看向自己親孫子，瞬間變了臉色，問，

「小兔崽子你吃什麼？」

「一樣給我來點。」杜敬之說話的時候揚了揚眉，一臉壞笑。

杜姥姥一掐腰，直接問：「收銀台旁邊的櫃子裡有小鹹菜，你一樣來點？」

「我大老遠過來，就給您寶貝外孫子吃鹹菜？」

「你還知道過來，別以為我不知道，你們放假都過幾天了，我就在學校旁邊開餐廳！」

「是是是，我沒來，我的錯，紫菜包飯每種口味給我來兩個，然後炸雞給我每種口味來兩份，辣的就不要了。」

「吃這麼多，怎麼就不胖點呢！長了個沒良心的肚子！」杜姥姥嘟嘟囔囔地走了，雖然看上去氣呼呼的，實則杜敬之要的東西都給準備了，估計還會額外拿些其他的東西來。

「我說你怎麼那麼能賣乖呢？」杜敬之在杜姥姥離開後，第一個質問周末，總覺得周末裝乖寶寶簡直一秒入戲，沒事就把他堵牆角亂親一通的那個色腿完全不見了。

「不一樣，這是在見家長，肯定得這種態度，畢竟我拐跑了人家外孫子。」周末小聲地回答，眼眸彎彎的，就像一個剛吃了別人家一隻大肥雞的狐狸。

「你以前就這樣！」

「以前就開始圖謀不軌了，這是放長線，釣大魚。」

杜敬之沒好氣地白了周末一眼，「呸」了一口。

兩個人的食物很快被端了上來，周末拿出手機來表示：「你吃你的，我給你錄影，然後發微博，給姥姥家的店做個廣告。」

「行。」

「怎麼沒有？都有一批人跑到學校去了呢！」

「噗，有那麼多本地人嗎？」

說話間，周末的冷麵被端了上來，放在了周末的面前，兩個人都沉默了。

盆一樣大的大大碗公，裡面特別實惠地放了兩人份的冷麵，用筷子扒開一層的黃瓜絲，可以看到裡面隱藏著的三個被切開的雞蛋，雞蛋下面還有放了一層火腿切片。

周末吞了一口唾沫，不是因為饞，而是因為這種量……有點讓人心驚膽戰的。

杜敬之笑得不行，後期只能忍著笑表示：「這位家長最不喜歡孩子剩飯，你加油！」

「我錄，你吃吧。」周末把冷麵往杜敬之面前一推。

杜敬之看到周末真的拿出手機，打開攝影機開始錄了，這才對著鏡頭，一邊微笑著說話，一邊用筷子扒開一層層的東西，展示這碗冷麵：「這碗冷麵，是敬兒姥姥家店裡的獨家特色，巨無霸冷麵，吃了它，保證連晚飯都不想吃了。如果你碰巧吃的就是晚飯，那麼恭喜你，第二天拉得肯定不少。」

周末聽完，立即笑著問：「你確定這是廣告詞？」

「不吃早飯是對身體不好的，所以還是要吃，晚飯無所謂。萬一真有人聽了，不吃早飯身體壞了來找我怎麼辦？」

「是是是，你繼續。」

「呃……敬兒姥姥家冷麵，你可以來挑戰，吃得完就免錢，吃不完，就原價付……付……個成本就可以了，到時候由敬兒姥姥定價。」說完，扯著嗓子喊，「姥姥！」

「忙著呢！」杜姥姥直接跟著對著喊。

「妳這碗冷麵要賣，能賣多少錢!?」

「一百二十五塊錢吧！」

「太貴了！沒人吃！你這是黑店啊!?」

「那就一百一十塊錢！三個雞蛋，半根大粗火腿呢！」

杜姥姥回答完，杜敬之就扭頭朝著手機說：「只要付一百一十元，就可以了。」

周末一直在錄，因為忍不住笑，拿著手機的手都在抖，「噗噗噗」放屁一樣斷斷續續的笑聲也被錄了進去。

067

在這之後，杜姥姥又給杜敬之上了他要的紫菜包飯跟炸雞，還特意做了一份炒年糕，按照杜敬之的口味，沒怎麼放辣，味道偏鹹，色澤紅潤，看起來特別有食欲。

之後，又端來了一些辣泡菜，本來桌子就有點放不下了，居然又端來了一份石鍋拌飯。

杜敬之看著桌面上的食物，眼睛都直了，突然覺得平時杜姥姥給自己做七八個菜也沒什麼大驚小怪的了，杜姥姥這架勢是恨不得把店裡的東西真的一樣來一份。

「牛肉包飯、肉鬆包飯、金槍魚包飯、蛋黃包飯……還有辣泡菜的，但是我這個人不擅長吃辣，姥姥家做的辣泡菜又挺辣的，所以這個我一直沒怎麼挑戰過。」杜敬之一邊說，一邊把每種紫菜包飯都在鏡頭前展示了一下。

杜姥姥走過來，探頭探腦地瞅了瞅兩個人，總覺得兩個人古古怪怪的，不認真吃飯。最後將注意力放在周末的手機上，問：「這是幹啥呢？吃個飯怎麼還嘟嘟囔囔的，直接吃不就行了嗎？」

「給店裡打廣告呢！你外孫子孝順吧？」杜敬之回答。

「錄影片給小同學看啊？小同學裡面有我孫媳婦沒？」

杜敬之有點不好意思，瞥了周末一眼，見周末沒有什麼特殊的反應，這才回答：「著什麼急，我才多大。」

「不小了，我像你這麼大的時候，都定親了。」杜姥姥說完，就又去忙活了。

杜敬之無語了一會，才咳嗽了一聲，解除尷尬，然後繼續打廣告，介紹炸雞：「敬兒姥姥家的炸雞有拼盤，原味、蒜醬、果醬、香辣的，這個果醬味的比較有意思，有點像那個鍋包肉，不是老式鍋包肉，紅色番茄醬的那種，不過是用雞肉做原材料。還有特色的無骨炸雞，價格差不多其實，一般都是雞腿跟雞翅……」

他正說著，杜姥姥突然喊了一聲問：「敬兒，你進入高考倒數計時了吧？」

按照杜姥姥的習慣，不回答她，她肯定再喊一遍，他不得不扯著嗓子回答：「還沒呢！」

「那你藝考進入倒計時了吧？」

「也快了。」

杜姥姥在這個時候走出來，給兩個人一人一瓶飲料，然後說道：「考不遠的那個美術學校吧，離姥姥這裡近。」

「姥姥，那是中專，我超齡了！」

「姥姥也不指望你考哪裡去，就希望你別走太遠了，本市就行，要不你查查附近街道有沒有什麼大學？」

「姥姥……」杜敬之都無奈了，「您在這住幾十年了，比我熟多了，用我查啊？」

「現在發展多快啊，冷不丁就冒出一個新房子來，防不勝防的。」

「姥姥我錄廣告呢，嚴肅點，跑題了。」

「弄得還挺正式的……」杜姥姥又嘟囔著離開了。

這回杜敬之又有點不知道該說什麼了，卡殼了好半天，才氣餒地說：「開吃吧。」

杜敬之首先開始吃那份石鍋拌飯，各種倒醬，嘴裡還在念叨著：「有的時候就覺得，石鍋拌飯真絕！我小時候就喜歡將一些湯啊菜啊拌著吃，但是我媽不准，說那樣沒家教。但是石鍋拌飯就沒這規矩了，可以盡情地攪拌！」

結果他拌到一半就累了，停下來準備休息一會。

周末在這個時候問他：「用不用我幫你？」

「用不著，你的那碗冷麵我也不幫你吃。」

提起冷麵，周末就開始發愁，卻還是伸手把冷麵拿了回去，鏡頭裡只出現了周末的一隻手，很快就退出了鏡頭。然後周末一手拿著手機，時不時抬頭看一眼，一隻手吃冷麵，吃得慢條斯理的。

「石鍋拌飯的配菜其實不太固定，我每個季節來，我姥姥家裡石鍋拌飯的配菜都有點不一樣，應該是按照季節蔬菜變化的。這個拌飯醬我挺喜歡的，分一般的和辣的，我這個人不吃辣，然後我這份是特殊關照的，如果不是我，估計就是單純的牛肉或者雞肉。不過你要來的話，提我就可以了，給你們放幾塊另一種肉。」

杜敬之笑迷迷地說完，就開始吃了，吃幾口石鍋拌飯，然後又說了起來：「石鍋拌飯的好處就是慢條斯理地吃也不會涼，這個時候就可以吃點其他的了，比如紫菜包飯，比如炸雞，炒年糕也超級好吃。」

在周末把冷麵消滅了一半的時候，杜敬之已經吃了半碗石鍋拌飯，三份紫菜包飯，炸雞也吃了七八塊了。

周末實在是吃不下了，調整了一個姿勢，繼續錄杜敬之，就看到杜敬之伸手端走了他的冷麵，捧著喝了一口冷麵湯。

然後又吃起了冷麵……

剛才還說不幫他吃的。

又過了一會，周末才說：「我手機快沒電了。」

「那就別錄了，我也吃得挺飽了。」杜敬之又吃了一塊紫菜包飯，說道。

「好。」

關掉了影片，兩個人又坐在店裡聊了會天，杜姥姥忙完手裡的活，走過來跟他們倆個人聊天。

杜姥姥這個人，脾氣大、嗓門大、八卦心也大，遇到不認識的人都能拉著一塊聊天，跟一個人聊一天，都不會說重樣的話題。

杜姥姥拽著兩個少年聊了兩個小時，覺得該為晚上的高峰期做準備了，才放兩個人離開，生怕杜姥姥再給錢，兩個人直接是跑出店的。

回到家，兩個人直接各自回家。

杜敬之回到家裡，繼續畫畫，尋找色感，奮鬥到深夜，第一張圖的顏色還沒細化完畢。他伸了一個懶腰，準備去看看微博，就發現周末已經把今天錄的影片編輯好，發到了微博上。

周末如今剪輯的水準已經漸漸很不錯了，該加速就加速，偶爾還能加點文字框、表情，還有字幕，畫面似乎還加了濾鏡，看起來比之前的強多了。

他點開影片看了一眼評論，突然覺得，微博裡簡直就是臥虎藏龍。

我是誰：有有有！姥姥您的孫媳婦在這裡！

不落笙簫：我發現，姥姥在說兒媳婦的事時敬兒下意識地看了畫外音小哥一眼。畫外音小哥跟姥姥很熟悉的樣子，因為冷麵應該是畫外音小哥的，姥姥給的量超級足。還有就是，敬兒跟畫外音小哥吃一碗冷麵，特別自然，證明兩個人的關係非同尋常。

非緣：深夜報社，你的良心大大的壞！

顧瑾歌：炸雞！紫菜包飯！石鍋拌飯！冷麵！突然好想吃……

暮色癱軟：姥姥好可愛。

靜默：有點擔心敬兒的腸胃，要不要去檢查一下，這麼能吃居然這麼瘦。

洋芋片與雪糕icon：我覺得敬兒應該脾胃功能低下，氣血不足。建議查一下是不是甲亢、肝病、腎病以及腫瘤這些慢性病。

寒露初凝：看畫外音小哥的手，目測是個帥哥，並且個子很高，因為手的骨節很大，手指長，跟手腕協調。

杜敬之看著這些評論有點無語，他真的不知道他為什麼吃不胖啊！而且，他也沒覺得自己身體有什麼毛病。不過看到這些評論，他突然有點想去做個體檢了。

又看了會評論，他就洗漱睡覺了，回到房間朝周末的房間看，果然看到燈還亮著。

他思量了一下，從口袋裡取出手機，打電話給周末，周末很快接通：「喂，小鏡子，怎麼了？」

「你幹什麼呢？」

「看書啊。」

「複習？」

「《霸道總裁強吻九十九次》。」

「……」

「你要睡覺了？」周末問他。

「嗯，有點累了，打算睡覺。」

「你過來吧，我幫你按一按肩膀。」

杜敬之立即不爽了，嚷嚷著質問道：「你有沒有點誠意，給我按肩膀還得我過去？」

「你的床太小，睡不下。」

杜敬之沉默了，周末這傢伙是真騷，說得也夠直白的，這哪是準備給他按肩膀啊，明顯是要睡他，他果斷拒絕了：「不用！」緊接著電話就掛斷了。

十分鐘後，杜敬之就跨過欄杆，去了周末的家裡。

周末還沒睡覺，躺在床上做仰臥起坐呢，看到杜敬之來了才停下來。

「你晚上還鍛煉身體的？」杜敬之詫異地問。

「對啊，有助於睡眠。」其實周末沒說，他看出來杜敬之挺喜歡自己腹肌的，所以這段日子沒少練。

「哦……」他隨便應了一聲，就關上門進來了，並且脫掉了外套。

周末一直看著杜敬之，發現杜敬之是換完睡衣過來的，不由得有點想笑，卻硬生生憋回去了。

杜敬之這個人，雖然拒絕了，卻還是來了，並且體貼地自己就換好睡衣了，覺悟很高嘛！

杜敬之坐在床邊，周末立即過來幫他捏肩膀。

「明天返校，你猜你能考多少分？」杜敬之問，被周末按得渾身舒坦。

「班導已經告訴我了。」

「多少？比王悅高吧。」

「比王悅總分高十七分。」周末說著歎了一口氣，「大意了。」

杜敬之被周末揉肩膀揉得身體直晃，回過頭白了周末一眼，朝著周末「呸」了一口。

返校那天其實沒什麼大事，就是公佈期末考試成績，開家長會，外加打掃衛生。

杜敬之家裡沒有人來，他不指望杜衛家來，杜媽媽又長期出差，過年都不能回來，所以就他一個人來了學校。

到了學校裡，他這個不安分的也沒去打掃衛生，就站在走廊裡，跟自己的小團體聊天。

小團體以七班跟五班的學生居多，其他班各有幾個，看起來就像三中的黑勢力，其實就沒事聚在一起踢球的一群人。如果真有事了，能二話不說跟著杜敬之就上的，估計也就七八個，其中還有劉天樂跟黃雲帆。

教學樓裡聚集了不少學生家長，是準備下午一塊來參加家長會的，明明說是學生上午來，家長下午來，還是有不少家長提前到了。

杜敬之正在聊天，突然有人跟他打招呼，一開口，他身體就僵住了。

「小鏡子！」

聲音很熟悉，一扭頭，果然看到了周媽媽正笑呵呵地朝他走過來。他嚇了一跳，趕緊看了看自己周圍的人，然後主動迎上去跟周媽媽打招呼：「阿姨。」

「你媽媽沒來吧，我給你參加家長會啊？」周媽媽看到杜敬之特別高興地問，杜媽媽要出差的事情周媽媽是知道的。

「不用，妳參加妳的。」杜敬之趕緊拒絕了。

「我不願意幫周末開家長會，每次都是第一，沒什麼意外情況。」

杜敬之突然覺得，周末跟周媽媽一樣，說話都特別欠揍，偏偏他還不能呸周媽媽，於是只是笑著說：「聽聽老師誇他啊。」

「誇什麼啊，不怎麼誇，反倒是其他家長，老問我在哪裡給周末補課。我說周末不補課，他們還不信，弄得好像我故意故弄玄虛，不告訴他們似的，軟磨硬泡特別惹人煩。阿姨給你開家長會。」

「您這是要體驗一下學渣家長的感覺？」

「也不是，我就愛聽別的家長誇我家孩子長得好看，小鏡子長得就好看。」

杜敬之有點尷尬，心裡卻有點甜，周媽媽已經把他定義為自己家孩子了。

周媽媽個子高，長得也不錯，尤其是會保養跟穿搭，在家長裡也是挺出類拔萃的。杜敬之如今身高一百七十八公分，看起來就好像跟穿了高跟鞋的周媽媽一樣高似的。

他們倆站在一塊，不少人都朝他們看了過來，杜敬之的小團體則是聽到了一些對話內容，一臉的詫異，全都看向他們倆。

然後，就看到周末身後跟著學生會一眾，大步流星地走了過來，然後，直接推著周媽媽往一班走：「媽，別調皮搗蛋，我們走。」

「我給小鏡子開家長會怎麼了，他媽媽出差沒回來。」周媽媽還有點不樂意。

「走吧，我學生會還有事呢，妳去教室坐著，乖。」

周媽媽雖然不情不願的，卻還是同意了，然後回頭跟杜敬之說：「小鏡子，那我去給他開家長會了，你這邊要是需要的話，給我打電話，我直接過來。」

杜敬之硬著頭皮點了點頭。

周末更加努力地把周媽媽推走了。

然後，就看到杜敬之小團體一個個呆若木雞。學生會的學生則是來回打量他們兩個人，雖然沒說什麼，但是眼神裡全是戲。

等周媽媽走遠了，杜敬之才扭頭去看自己的小團體，劉天樂單手捂著臉，一副沒眼看的模樣。

黃雲帆則是整個人都傻了，指了指離開的周末母子，又指了指杜敬之問：「你們倆認識？」

「嗯……小學同學，住在一區。」

「我靠？」黃雲帆的表情變得有點複雜，不過礙於周圍還有其他人，他沒有繼續問下去。

周媽媽這麼一鬧，弄得杜敬之有點手足無措了，最後還是劉天樂首先解圍：「小鏡子，哈哈哈，我的媽，這外號狂啊。」

然後一群人，就開始嘲笑杜敬之的這個外號了，不再提他和周末的關係。

其實挺多人都沒往心裡去。

兩個男生是小學同學，家長會認識是挺正常的一件事情，說不定是家長關係好呢?周末跟杜敬之在學校的關係怎麼樣，明眼人都能看出來，在這個沒有接觸過同性戀的氛圍裡，沒幾個人會想歪。

之所以會驚訝，是驚訝於這兩個人居然認識。

打掃完整潔，杜敬之就直接溜了，自己跑回家。

周末是學生會會長，這天有不少事要忙，連帶著劉天樂也要跟著周末瞎轉悠。

到了家裡，坐在畫架子前畫了一會封面的那張圖，就接到了黃雲帆打來的電話。他看著來電顯示上的名字，遲疑了一下還是接通了：「喂。」

「喂，杜哥，你是不是有什麼事瞞著我啊？」黃雲帆在電話那邊的聲音聽起來挺失落的，估計在周末推著周媽媽離開之後，這傢伙一直在胡思亂想。

「也不是故意瞞著，就是其他人都自己發現了，我也沒主動告訴你。」杜敬之也不準備繼續瞞著了，打算直接告訴黃雲帆。

「最近你跟周末關係挺不錯？」

「我談戀愛了。」

「啊!?」黃雲帆那邊還有點發傻，不知道話題怎麼就突然跳到這裡了，不過這事也挺讓黃雲帆好奇的。

「還有就是我不喜歡女的，你明白了嗎？」

黃雲帆那邊，好半天沒說話。

杜敬之放下畫筆，再次開口：「這事挺難開口的，沒幾個人會拿一個大喇叭對外宣稱自己是同性戀的，我也沒敢跟你說，希望你能理解吧。如果不是真把你當哥們了，這事我就算帶墳墓裡，也不會告訴其他人的。」

「杜哥……」黃雲帆終於出聲了，似乎有點遲疑，又停頓了一會，才說，「這事，劉天樂他自己發現了？」

「嗯。」

「他什麼反應？」

「接受得挺快的，當時我也挺驚訝。」

「劉天樂那個人就這樣，不過我多少有點緩不過來。」

「那你再緩緩？」

黃雲帆還真挺驚訝的，又空白了好一會，才又說了一句：「我靠……」

「怎麼？」

「兩個男人怎麼……難不成還能親嘴？」

「你管得著嗎？」杜敬之被問及這個問題，有點迴避。劉天樂當初也挺好奇，卻只是問他們約會的方式是不是只是打籃球，直接問這個，他是不會回答的。

「我剛才想像了一下，簡直……難以想像，我都語無倫次了，我靠了，你……你不會充當娘炮的那個吧？」

「喜歡娘炮幹什麼不找個女的？不是你想的那樣。」

「哦……」黃雲帆又緩了一會神，然後開始道歉，「杜哥，我沒別的意思，就是第一次聽說這玩意，還是在我身邊，我有點……怎麼說呢，心情有點複雜。你談你的，我不攪和，真的。我就你哥們，誰歧視你，我揍誰去，這樣，你懂我的意思嗎？」

杜敬之知道，黃雲帆一激動就這樣，口不擇言，語無倫次，不過能說出這種保證來，大概也是願意試著接受這件事情的，於是笑了：「做杜哥背後的男人吧？」

「別別別，聽起來像三角戀似的。杜哥，你現在是有……我都不知道你們那個叫啥，就是你都有對象了，你不能這樣。既然你喜歡的是男的，你跟我說這種話，算是跟我搞曖昧你知道嗎？」

「啥玩意？」

「雖然我不懂你們這些人怎麼談戀愛，但是我覺得，有對象了，人就得專一一點，而且不能跟其他人拉拉扯扯，曖昧不清的。你得矜持，自重。我跟劉天樂也這麼說，碰到柯可這麼好的女生不容易，讓他收收心，好好對柯可。既然你跟周末在一塊，這小子確實帥得挺讓人看不上的，但是，你既然選擇跟他在一塊了，就得從一而終。」

「胖子，閉嘴。」杜敬之的語氣已經有點嚴肅了。

「這話你得聽，愛情是兩個人的事。既然談了，就好好談。」

「你閉嘴，真的，不然我從麥克風裡鑽出去一巴掌打你肥臉上。」

「唉，雖然你不太懂我的良苦用心，但是我還是想說，祝你幸福。」

「嗯，跪安吧。」

「杜哥……我心裡難受。」

杜敬之忍不住翻了一個白眼，這種體驗，真是難以言說，於是只是耐著性子繼續問：「怎麼了？」

「你跟劉天樂都有對象了，就我沒有。而且，我一直尊敬的杜哥就這麼便宜那個讓人看了就討厭的學生會會長，有種大白菜養好了，被一隻長得挺好看的豬給拱了的感覺。」

「你是不是對周末有什麼偏見？」

「怎麼可能看他順眼？成績好長得帥人緣還好，聽說家裡條件也不錯，女神還追他，雖然看他拒絕女神挺爽的，但是還是不平衡，憑什麼那傢伙就能長成那樣，我就長成這樣，他長成那樣就得了唄，還把我杜哥給撬走了，我怎麼可能看得上他？怎麼看得上!?你告訴我！」

「別激動。」杜敬之被逗樂了，樂不可支地拿著電話安慰黃雲帆，好半天才掛了電話。

剛準備把手機放進口袋裡繼續畫畫，電話就又響了，他看了一眼，是杜姥姥打來的。

他沒猶豫，立即接聽了：「喂，姥姥，怎麼了？」

「敬兒啊，你上回來的那個廣告，是怎麼打的啊？」

「啊？怎麼了？」

「今天來了不少人，點什麼巨無霸冷麵，說來挑戰的。還有幾個人點石鍋拌飯，說提你多給肉。」杜姥姥回答。

杜敬之當即就驚訝了，大感意外，趕緊問：「真有人去？」

「可不，來了好幾批人呢，最開始我不知道是怎麼回事，一個小姑娘給我放了你錄的影片，我才知道你說了一個挑戰大冷麵的事，想了想也就做了。這大冷天的，哪能準備那麼多冷麵材料，還是之後讓小張去買的。」

「喲！聽起來生意不錯。」

「好是好了點，但是真有三個小夥子給吃完了，沒付錢就走了，其他人付了錢，感覺也就賺了點吧。還有你個小兔崽子，什麼叫提你多給肉，你知不知道肉有多貴？」杜姥姥說了沒兩句，就開始罵人了。

「一份石鍋拌飯十塊錢，裡面就幾樣菜，然後就是米飯、雞蛋，加幾塊肉能加多少成本啊？」

杜姥姥也樂了，然後問了起來：「你打這個廣告花錢嗎？我看來的不是什麼學生啊，多大歲數的都有。」

杜敬之聽說自己的廣告還真的有用，不由得有點高興，樂呵呵地跟姥姥介紹自己的那個微博，然後表示：「有效果就行。」

「他們還問我，什麼畫外音小哥是誰，我說不認識叫畫外音的。他們說就是錄影片吃冷麵的那個人，我說這個我知道，是我外孫子髮小。他們還跟我要周末的相片，我沒有，就沒給。」

「別給，不能曝光周末，我就破罐子破摔了，他不行，這樣會攪亂他的生活，他一個清清白白的好學生，跟我不一樣。」

「那姥姥就不給他們看。」杜姥姥一口答應了，有點護著自己家寶貝似的，生怕被別人知道周末帥，被別的小姑娘勾搭走了。

「好的！」

「你弄那個東西，別耽誤功課！」

「行啊，知道啦。」

掛斷姥姥的電話，他突然有點開心，覺得自己弄一個微博，人氣高了，以後是不是還能在微博裡發廣告？接廣告是不是還能賺錢啊？

想到能賺錢，杜敬之就忍不住樂，恐怕也是因為窮怕了。

真別說，周末幫他弄這個微博，對他幫助還挺大，確實該謝謝周末，突然也不因為自己的位置是下面那個而鬱悶了。

他發了一會呆，傻樂了一會，然後拿起畫筆，繼續畫畫，然後很早就休息了。

第二天一早七點，就有人用力地拍杜敬之的房間門。

杜媽媽雖然脾氣急，但是一般不會用這麼大的力氣拍杜敬之的房間門，如今杜媽媽還出差了，肯定不是杜媽媽一大早回來了。

想到有可能是杜衛家或者是杜奶奶，他就莫名地煩躁，然後翻了個身，沒理，就當屋子裡沒人。

結果敲門的人不依不饒，之後還在喊：「開門，我知道你在家呢，趕緊的！」

杜敬之氣得直接坐起身來，看著門沉默了一會，注意到敲門的人力氣大到彷彿要把門拆了，還是打開了門。

他還準備跟杜衛家對罵兩句，結果一開門，就塞進來了一個四五歲大的孩子，說了一句：「你幫忙看一天孩子。」說完扭頭就走。

杜敬之看著自己這個小堂弟，愣了會神，就打開門對樓下喊：「我不帶！」

樓下杜衛家罵罵咧咧的：「你這沒用的東西，帶個孩子能怎麼樣？」

「你行你帶啊，推給我幹什麼啊？」

「怎麼跟你老子說話呢，大人得忙著賺錢呢，哪有空幹這個，反正你在家待著，帶個孩子怎麼了？我和你二叔要出門了，中午飯用你媽留的錢買吧！」

杜敬之急了，趕緊追了出去，到門口還在罵：「我說你們是不是有病？讓我帶個屁孩子啊，信不信我一天打他八遍？」

「你怎麼打他我們怎麼打你，你小子等著！」說完，杜家衛已經風一樣地出了家門狂奔著下樓了，顯然是怕走得慢了，杜敬之把小孩給他們退回去，簡直無恥。

杜敬之看著空蕩蕩的房子，一陣焦躁，恨不得把小孩舉起來，順窗戶給他們扔下去。

掙個屁錢啊，不就是帶著二叔一塊去賭了嗎？估計是二嬸讓二叔帶孩子，二叔想去賭，就把孩子扔給他了，這群賤人！

他氣呼呼地上樓，想要跟堂弟約法三章，結果一進去就看到堂弟拿著畫筆，正在他的畫上胡亂地刷著。

昨天晚上睡覺前他還在奮鬥封面圖，所以一直貼在畫架上，畫面已經基本定稿，快要完工了。

他想著是今天晚上的火車，白天還有時間，到時候細化一下，去周末家裡掃描完就可以交稿了。

結果這個小兔崽子到了他房間裡，看到畫架，就開始模仿小畫家，用畫筆蘸水，在他的畫上亂塗一氣，水把紙弄濕，畫面顏色都毀了。

杜敬之本來就不想帶孩子，正憋著氣呢，然後就看到堂弟直接把他價值六千五百元的畫毀了，他能不急？

讓杜衛家賠？

跟杜衛家要錢，比要他的命還難，更何況他不準備告訴杜衛家自己賺錢了，不然杜衛家能讓他提前履行贍養義務。

他伸出手，拎著堂弟的衣領，就拽著堂弟出了自己的房間。

杜敬之跟杜家的人關係都不怎麼樣，幾乎沒有來往，這個堂弟叫什麼杜敬之都不記得了，多少歲也不知道，反正就是沒有過什麼接觸。

他還不怎麼喜歡小孩，對小孩沒有什麼耐心，不是沒有愛心，只是單純的不喜歡孩子吵。如果孩子安安靜靜，並且長得挺好看的，他也能逗兩下。

但是孩子調皮搗蛋，還搗蛋到他的頭上了，他肯定不會放過。

他從客廳電視櫃的抽屜裡找出了一條狗繩來，這是以前家裡養狗時留下的，本來杜家有一條大黃金，後來杜衛家沒錢，把狗給賣了，狗繩留下了，最過分的是因為狗歲數大了，居然是當肉狗賣的。

杜敬之一氣之下就把狗繩拴在了堂弟的脖子上，然後帶出門外，把繩子的一頭直接繫在了走廊的欄杆上。

堂弟也不是個好東西。

被杜敬之這麼綁了直接開始號啕大哭，滿地打滾，嘴裡罵出來的話都讓杜敬之震驚了：「你這臭傻子，廢物！大人都說你是廢物！賠錢貨！你裝什麼樣子！臭婊子生的！」

杜敬之聽完，直接一腳朝堂弟踢了過去，直接把堂弟踹趴下了：「現在我教你做人，不然你以後出去肯定經常挨打。不能不經允許亂碰別人的東西，知道嗎？別亂罵人知道嗎？」

堂弟依舊在罵罵咧咧的，且哭得震耳欲聾，聲音在樓道裡回蕩著。

「傻子表哥！」

「你是不是腦子不太好，我是你堂哥！」

「臭傻子！」

簡直沒辦法交流。

在這個時候，對面的門開了，周末從門裡面探出頭來，似乎還沒睡醒，睡眼惺忪的，頭髮還有點毛糙，沉著聲音問：「小鏡子，你怎麼沒穿外套啊？」

杜敬之不得不感歎，自己的男朋友真不是一般人，簡直就是媽媽型男友。一般人看到這個場面都會問怎麼回事，周末則是關心杜敬之沒穿外套，樓道裡冷。

「出來得比較著急。」杜敬之一低頭，發現自己還穿著拖鞋呢。

周末皺了皺眉，伸出手來把杜敬之拽到了自己身邊，然後探身從門口的櫃子裡拿出了一件自己的外套給杜敬之披上了，問：「這孩子是誰家的，怎麼惹你了？」

杜敬之穿上外套的同時，把早上發生的事情說了，到現在還在生氣自己的畫被毀了。

周末也有點心疼，畢竟奮鬥了幾天的作品被一個小屁孩毀了，是挺讓人心煩的。按照杜敬之的脾氣，只是拴起來踢一腳，也是看在堂弟年紀還小的分上。

「你生氣也沒有辦法，杜衛家這麼噁心已經不是一天兩天了。而且，這孩子也不算有錯，只是大人給教成殘廢了。」

「你才殘廢，你全家都賣淫！」

周末瞥了堂弟一眼，「嘖」了一聲，似乎很是嫌棄，也不願意再幫他說好話了。

杜敬之聽到堂弟連周末都一塊罵了，恨不得再踹堂弟一腳，然後就聽到周末說：「我就自己在家，把你家裡的門關上，把小傢伙牽進來。」

嗯……周末已經把堂弟默認成亂咬人的小狗了。

杜敬之把滿地打滾的堂弟牽進了周末家裡，只是站在門口，生怕堂弟在周家搞破壞。

周末進入房間就翻開了電話簿，然後打了幾個電話。

等周末掛了電話，杜敬之才問：「你聯繫誰呢？」

「家政公司，找了兩名鐘點工，專門帶孩子的，工資日結。」

「我操，還雇人帶他？我怎麼那麼不爽呢！」

「等需要結帳的時候我們已經在冰城了。」

這回杜敬之懂了，不由得笑了起來。

小孩放在杜敬之手上了，出了點什麼事，還是得杜敬之負責任，還麻煩。杜敬之不願意管，雇個人，到時候跟杜衛家要工資就可以了。

這回杜敬之的心裡還舒坦了點，不過還是不甘心：「我那個稿子，今天掃描就可以交稿了！」

「沒辦法，重新畫一張吧。」

「我本來想著趕緊交稿，能申請趕緊申請稿費，看來只能拖延到下個月了，挺煩的。」

「沒事的，有我呢。」

「你不覺得你現在還沒收入，而我雖然賺得少，但是也算有了嗎？所以我現在比你領先一點點。」

周末不慌不忙從屋子裡找出膠帶來，同時說：「我有我家公司的股份。」說著，走到了門口，蹲在了堂弟旁邊，微笑著說：「再哭把你嘴貼上。」

雖然在笑，卻嚇得堂弟沒了聲音。

家政中心的鐘點工很快就到了，兩位都是四十餘歲的中年女人，聽說是經過專業訓練的育兒師，專門幫臨時帶孩子的。不過杜敬之沒多關心，把堂弟交給她們倆，讓她們倆在自己家裡隨意，就跟周末上了樓。

杜敬之看著自己被毀了的畫還有點傷心，最終還是歎了一口氣，準備就這麼算了，不然真沒什麼辦法。

周末則是拎著一個行李箱，幫杜敬之整理東西，同時介紹：「需要帶的東西我都帶了，你裝點換洗的衣服，還有一些必需品就行。」

「你都帶什麼了？」

周末掰著手指跟杜敬之說：「我嫌棄飯店的東西，自己帶了床單、被罩、枕套、手巾、浴巾、牙刷、洗漱用品、還帶了兩雙拖鞋。我自己的有換洗的衣服，內褲我買了兩包新的，還有……」

杜敬之對周末擺了一個手勢，表示：「行，我知道了，我就帶衣服就得了，充電器你帶了吧？」

「嗯，帶了，我還帶了透氣繃、傷口噴霧、止瀉藥跟暈車藥。」

杜敬之收拾東西的動作一頓，朝周末看了一眼，突然覺得周末估計是很期待這次出去玩，不然怎麼會準備得這麼周全？

然後他就開始想，這算不算他們倆在一起之後第一次一起去旅遊？在周末的心裡，估計都當成是蜜月旅遊了吧？

冬天能去的地方不是去滑雪，就是去天氣暖和的地方避寒。

周末選擇看冰燈加滑雪，還這麼精心準備，讓他懷疑，當初周末拒絕家裡安排補課，其實就是為了跟他一塊出去玩。

周末並不知道他心裡想的事情，只是看到他動作停頓，忍不住問：「怎麼了？」

「沒事，我只是在想，我絕對不要幫你搬行李箱。」

提起這個，周末也有點無奈：「確實挺沉的。」

在杜敬之裝衣服的時候，周末在杜敬之的房間裡走了一圈，突然開始收拾杜敬之的畫稿。

他看著周末的動作，忍不住問：「收拾這個幹什麼？難不成帶著畫去當街賣？」

「我怕我們不在的時候杜衛家過來搞破壞，你有什麼值錢的東西就都放到我那裡吧。」

「我這能有什麼值錢的東西，這個炸過的空調算嗎？」杜敬之指了指牆面上那個擺設一樣的空調。

周末看都不看，只是繼續收拾。

在周末看來，杜敬之的這些畫都是他的心血，如果被毀了會十分可惜。外加他畫畫的材料也是他頗為重要的家當，只有畫畫的人才知道這些材料的價值。

收拾了這些東西，周末又看了看，說：「我們帶著筆記型電腦跟手繪板吧，還有你的速寫本，就怕你靈感來了，手癢想畫畫。」

「好。」杜敬之繼續裝衣服，裝了一會扭頭問周末，「一直沒問你呢，我們去幾天啊？」

「五天。」

「哦，知道了，我一會給我姥姥打一個電話，告訴她我不過去，不是因為我不想去。對了，我們上次打的廣告，還真有效果，真有人去點那個巨無霸冷麵了。」

周末聽完笑了，感歎：「那還挺好的。」

杜敬之收拾好東西，也有一整個行李箱，離開的時候，還特意從房間門裡把門反鎖上了。

搬著周末收拾的一些東西和行李箱到了周末的房間，發現周末的行李箱比他的大一圈，而且死沉死沉的，床上還放著一個背包，看起來也鼓鼓的。

「這……不用再準備什麼了吧？」杜敬之問。

「買點吃的，晚上在火車上吃的。」

「好……」杜敬之掐著腰看著這些行李，突然覺得旅遊真麻煩，但是看到周末期待的樣子又妥協了，反正，周末開心就好。

兩個人帶著行李箱，直接去了車站，在車站旁邊的超市隨便買了兩碗麵，又買了點零食，就去等車，幫周末把行李箱抬上安檢的檯子，杜敬之就有點絕望了，這箱子快比黃雲帆都重了。

因為是春運高峰期，就算已經到了晚上十一點，車站的人依舊很多，兩個人逛了一圈之後，也只找到了一個位置。

「你坐吧，我輕，坐箱子。」杜敬之擺了擺手讓周末坐下了，兩個人把行李箱擺在了旁邊，杜敬之隨便坐在行李箱上歇了歇腳。

周末從背包裡拿出一個隨身聽，掏出耳機來，塞進了杜敬之的耳朵裡，因為兩個人距離遠，沒辦法共用，周末並沒有聽，只是抱著杜敬之的腿，低下頭枕著杜敬之的大腿小憩。

候車大廳有點冷，沒有因為人多而變得暖和，大廳裡味道很難聞，也很吵鬧。結果，周末竟然直接睡著了，這種睡眠品質，真是堪比站立的豬，他突然覺得黃雲帆把周末比作長得挺好看的豬還挺貼切的。

他戴著耳機，聽著周末平時喜歡的歌，坐在行李箱上，其實等同於站著，只能歇歇腳。周末睡著之後他更不敢動了，怕把周末弄醒。

抬手揉了揉周末的頭髮，手指插入髮絲中間，髮絲有點硬，卻很乾淨，他突然忍不住溫柔起來，溫和地笑了。後來，周圍有了空座，他也沒有去坐，而是一直留在這裡，就算身體有些僵直，也沒換過姿勢。

他對周末的寵愛，總是無聲無息的。

臨近上車，杜敬之才把周末叫醒，兩個人拖著行李檢票上車。到了月臺，發現他們的車廂號很後面，不由得有點絕望，只能硬著頭皮往後一個勁地走。

到了車裡，發現車裡特別暖和，熱到空氣都是乾的。

兩個人合力，才把行李箱抬了上去，放上去之後，都鬆了一口氣。他們今天還算挺幸運的，周圍沒有特別吵鬧的人，也沒有腳臭之類的人。因為上車的地方是起點站，他們整頓好了車裡才關了燈，可以直接入睡了。

兩個人是對面鋪，整理好之後，杜敬之就覺得自己剛躺下周末就又睡著了，不由得心裡又是一陣無奈。

杜敬之睡眠有點淺，夜裡醒了幾次，坐起來喝水，總覺得空氣太乾了，扭頭去看的時候，就注意到周末一直睡得很好。

拿著水瓶到了周末身邊，蹲在他的身前看著周末。果然，因為車廂裡很熱很乾，周末的嘴唇很乾，估計嗓子也不舒服。

他又喝了一口水，用嘴含著，然後俯身去吻周末，把水緩緩地送進周末嘴裡，周末在睡夢中下意識地吞咽，沒有絲毫的反抗。他又這樣餵了幾口水，才自己站起身，拿著水瓶咕咚咕咚喝了好幾口，才覺得過癮了。

回到自己床鋪上剛躺下，就聽到自己上鋪的人翻了個身，嘟囔了一句：「變態……」

他愣了一下，從枕頭下面摸出手機，看到是淩晨三點鐘，居然還有人沒睡。仔細想想，出行在外，大概都留著一根神經，怕丟東西。

他遲疑了一下，還是沒理，繼續睡覺了。

車在早上六點到了冰城。

列車員提前來換車票，叫醒了他們，住在杜敬之上鋪的是一個三十歲左右的男人，總是一個勁地用怪異的眼神打量兩個人，簡直就是在看兩個怪物。

兩個人沒理他，輪換著去洗漱，杜敬之到了門口就發現列車員在砸門上凍著的冰塊，不由得問了一句：「這是門凍上了？」

「嗯，到這邊經常這樣，下車的時候走另外一邊的門吧。」

這個時候，杜敬之才開始意識到，他已經從一個寒冷的城市，到達了一個非常寒冷的城市來。

下車的時候，那個門依舊沒砸開，兩個車廂的人擠一個門下車，排了長長的隊伍。

剛下車，杜敬之就有點傻了，在杜敬之的概念裡，這裡的冷，堪稱是地獄級別的。

兩個人拖著行李，到了一個柱子邊站住了，周末從書包裡掏出了兩個黑色的棉口罩，他們一人一個，然後又拿出了一條圍巾來，圍在了杜敬之的脖子上，問：「冷不冷？」

「你簡直在問一句廢話。」

周末聽了「嘿嘿」直笑，又掏出手套來遞給了杜敬之：「戴上拿行李暖和點。」

兩個人出了車站，打了一輛車直奔飯店。

「外地來的？」計程車司機主動跟他們問好，作為傳說中地方話最接近普通話的城市，說話特別乾脆，也聽得懂。

杜敬之感歎：「嗯，你們這可真冷啊。」

「你們南方的？」

「不是，S市的。」

「不也東北三省的？」

「根本不是一個級別的冷，跟這比起來，S市的冷都顯得有點幼稚！」他都覺得兩個城市比起來，老家還是暖和的。

司機被杜敬之逗笑了，跟他們倆聊了一路，臨走還跟他們倆道別呢。

下車走了一段路，因為戴著口罩，呼出來的氣體從縫隙裡出去，直接朝上，杜敬之的頭髮跟睫毛都上霜了。周末回頭看了他一眼，突然停下來，伸手拿下了杜敬之的一邊口罩，讓口罩只是掛在他的一隻耳朵上。

周末用手機對著杜敬之的臉照了幾張相，然後打開錄影片的功能，對杜敬之說：「你現在有沒有什麼想說的？」

「我現在是在冰城，馬上就要到早上七點鐘了，天氣特別的冷。我下火車的時候，就感覺這是一種凛冽的冷，因為車廂裡熱，出來之後，就覺得鼻孔裡的鼻毛都要結冰了，風吹到臉上，就像針紮一樣的疼。我的睫毛跟頭簾已經上霜了，然後這位小哥居然還讓我站在寒風裡錄影片。」

周末拿著手機笑嘻嘻的，用牙把手套咬下來，一直叼著，然後伸出手，把手蓋在杜敬之的眼睛上，用自己手心的溫度，去融化他睫毛上的霜。

「這樣就化了。」周末說。

杜敬之雖然在埋怨，卻在這個時候咧嘴微笑。周末手大，鏡頭裡只能看到杜敬之的下巴，嘴唇微笑的弧度特別好看，這笑容意外的甜。

071

兩個人到了飯店，辦理入住的時候櫃台的服務生直看兩個人，弄得杜敬之有點尷尬。拿了房卡剛進房間，杜敬之扭頭就走，結果被周末伸出手攔住了，硬是拽進了房間，關上了房門。

他現在算是明白，櫃台服務生為什麼那麼看他了，因為周末預訂的不是標準間，而是大床房，還是度蜜月似的房間，床上還放著玫瑰花瓣，拼成了心的形狀。

其實房間裝修還挺正常的，只是那床真是讓人不忍直視。

實木的床有一個木框架子，四角各垂著白色的垂幔，床上的床單還放著一條紅色錦緞的床旗，看起來像古代結婚時的被子。

他又走了幾步，發現這個房間挺悶騷的，臥室的一側是浴室，隔間是一面透明的玻璃，連個浴簾都沒有。

估計平時上廁所，另一個人在臥室裡也是看得一清二楚，他不由得又回頭看向周末。

周末正在把包放在外間的沙發上，打開包包取出東西來，似乎是在拿被套。

「這房間一天多少錢？」杜敬之問。

「不是什麼太好的位置，所以房價不算太貴，一天四千六百九十元。」

「你神經病啊，預訂這樣飯店？」

「怎麼了，我覺得環境挺好的啊。」

「這麼貴的地方，我們居然是帶著床單被罩來的，是不是有點傻？東西還那麼沉？」

「主要是想著，就算只住一兩天，也是舒服為主。而且，我還帶了一些消毒液。」

杜敬之走出來，看著周末折騰，忍不住感歎起來：「我怎麼以前沒發現，你居然這麼……潔癖？」

「以前我們都是在你那裡住或者我家裡住，我肯定是不會嫌棄。這次是我們第一次單獨出來住，所以你才發現。」

「不是……那平時呢？」

「平時我們倆頂多出去吃飯，你帶去的地方，我要是表現出嫌棄來，你豈不是會失落，所以我什麼都沒表現出來。」

他坐在沙發上，有點妥協了，任由周末折騰。

等周末收拾完，那個紅色錦緞的東西被撤掉了，換成了熟悉的被罩，杜敬之看著也挺舒服的，也就走過去，躺在床上休息。

「你先睡一會吧，我們下午出去吃個晚飯，然後去看冰燈，這就是今天的安排了。」周末說著，已經拿著消毒液去了浴室。

他含糊地應了一聲，就直接睡了。

昨天晚上在火車上沒怎麼睡好，主要是環境乾熱，加上火車總會發出行駛的聲音來，他總是睡一小會就醒了。而且，出行也確實是有些折騰，行李重、坐車之，讓他眼皮打架，沒一會就睡著了。

周末收拾完浴室，就來到客廳，取出筆記型電腦，接上了網路線，先是把早上拍的相片給修了。

周末現在用的手機已經算是解析度不錯的了，照出來的相片還挺清晰的。

相片裡的杜敬之皮膚白得像雪一樣。

杜敬之的皮膚，在溫度比較熱或者是被周末親吻之後會泛紅。在冷的情況下，反而白得幾乎透明，這張相片裡就是。

原本睫毛就長，現在渡上了一層霜，看起來更有夢幻的感覺。杜敬之的底子好，幾乎不需要怎麼修圖，只是調整一下圖片的顏色，做些許修改就可以了。

修了四張圖之後，他把相片上傳到了微博。

四張相片裡只有一張是半身照，穿著厚重的羽絨服，圍著大大的圍巾，就更顯得臉小了。相片上沒有明顯的笑容，卻是含著笑的模樣，抓拍的表情恰當好處，配上清晨的陽光，調色後更顯得小清新起來。

另外一張是從上往下拍的，主要是拍杜敬之的睫毛。

另外兩張都是眼部的特寫，一張垂著眼瞼，一張直視鏡頭，棕色的眼睛，好像漂亮的琥珀，深邃且迷人。

上傳之後，他又開始製作影片，影片就一小段，很好處理，轉了格式，就可以直接發表了。

再次切到微博的時候，發現短短二十幾分鐘的時間就已經有了三百多條的轉發，一百六十多條評論，七百多個讚。

他發表影片完，點開評論看了看。

花生花生快長高：敬兒好漂亮，就像個精靈！

野蠻生長：其實也沒那麼好看，我盯了五分鐘就不再看了。【隨手保存只是個人習慣而已】

汝塵肆：以前一直覺得藍色的瞳孔好漂亮，就像大海，現在突然覺得棕色的瞳孔也不錯，像一隻小獵豹。

天歲：我在敬兒瞳孔的倒影裡，看到了畫外音小哥的倒影，放大一看，果然是個帥哥！

鴣絆衫：這麼可愛，一定是男孩子，這麼好看的男孩子，一定有男朋友了【微笑】【再見】。

周末看完評論還特意切回相片去放大杜敬之的相片，在直視鏡頭的眼睛特寫那張相片裡，確實有他的影子，不過很模糊。

他盯著相片看了半天，突然有點納悶，他已經帥到看輪廓就知道是個帥哥的地步了嗎？思量了一會，又去看影片的評論。

扇扇扇扇子：影片裡彌漫著一股戀愛的酸臭味。

汝塵肆：相片還有後續？

太舒：冰城人士友情透露，背景是XX街道，旁邊是一家很出名的飯店，看樣子他們是兩個人的行動。總結就是：二人旅行、開房、戀愛，他們果然是情侶！

我是誰：敬兒笑得好甜啊，最後用手捂眼睛怎麼那麼寵溺呢！

祁音：最開始總覺得敬兒給人的感覺就像一個小混混，不是很喜歡。不知道為什麼，我還是點了關注，然後越看越可愛，現在突然覺得，敬兒簡直就是一個小天使！想看著敬兒成長。

泉水南喬：明明是一個很甜的影片，我卻有點被虐到了，看第二十遍的時候，突然想早戀了，可惜……我都快到晚婚的年齡了。

爾玉：發現敬兒粉絲多了，本來應該為敬兒高興，但是有種我發現的寶藏最後被十萬大軍分享了似的感覺。十萬粉有粉絲福利嗎？

看了這條評論，周末才注意到杜敬之的粉絲已經到十萬了。

看了一會影片，周末簡單活動了一下肩膀，然後走進臥室，脫掉外褲，小心翼翼地掀開被子，進入被窩裡，結果剛躺下，杜敬之就翻了一個身，抱住了他。

他也跟著翻身，兩個人面對面躺在溫暖的被窩裡，擁抱在一起，一起入眠。

到了下午二點四十五分的時候，杜敬之自然醒過來，躺在床上緩了會神，才起床上廁所，外加洗漱。

洗漱出來的時候，看到周末已經坐在床鋪上看手機了。

「我有點餓了，一會出去吃東西去？」杜敬之用毛巾擦著頭髮問周末。

他肯定是餓了的，雖然說上車前買了碗麵，其實在車上根本沒吃。下了火車，又直接來了飯店，來了就睡，睡過去了兩頓飯的時間，現在真的是饑腸轆轆。

「好，我去洗把臉，然後我們出發。」

在當地，有十分著名的啤酒，還有就是紅腸很出名。

杜敬之現在拒絕喝酒，兩個人到店裡，買了點紅腸帶著，接著去了一家西餐廳去吃牛排。進門的時候，杜敬之還在拎著手裡的塑膠袋，一個勁感歎：「我還是第一次拎著紅腸來西餐廳吃飯，感覺很特別。」

「沒事，你別把紅腸蘸著牛排醬吃就行。」

「突然有點心動……」

周末瞥了杜敬之一眼，十分寵溺地一笑，抬手揉了揉他的頭髮，沒說什麼。

兩個人吃完飯就去看冰燈了。

到地方的時候，天還沒有黑，不過兩個人還是去了，打算提前去買票，結果到了地方發現已經在排隊了，帶孩子來的人居多，估計也是寒假了，帶孩子出來玩。

排隊的時候，周末把雙手插進口袋裡，跟杜敬之說：「以前一到假期我家裡就帶我出來玩，你記得吧？」

「嗯，記得。」杜敬之還因為周末假期總出去，不陪他玩了而哭過鼻子。

「上次來這裡的時候，我才小學六年級，來了之後，就覺得這裡簡直太棒了，等以後一定要帶你來玩。結果現在有機會了，我們倆也挺大了。」

杜敬之有點不樂意，扯了扯口罩說：「我現在年紀也不大好不好？」

「我就是告訴你我想帶你來的初衷，那個時候，跟著家裡出去，到了一個地方，覺得好，就會記下來，打算以後帶你一塊去。這樣我先摸清楚路了，輕車熟路的，就能帶你玩得更順利，剛才那家餐廳我就和我父母一塊去過，覺得很好吃，也記住了，這多年都沒忘，就是為了帶你去吃。」

杜敬之的表情隱藏在口罩裡，眼睛卻是彎彎的，一直在笑。

這種感覺挺好的，知道周末一直都喜歡自己，還每時每刻都想著自己，讓他意外地滿足。

進入場地的時候就覺得冷，不過玩起來就完全忘記了。

兩個人直奔冰滑梯，剛去的時候，杜敬之還是一臉不屑的樣子，結果沒多久就興奮地跟周末排隊玩了一趟又一趟，直到入夜。

這裡是真的冷，冷到手機都會自動關機，本來想照幾張相，好幾次都是拍了兩張，手機就又一次關機了，進入了冬眠的狀態。

夜裡，這裡的冰燈就好看多了，範圍很大，跟杜敬之想像中幾個冰雕並不一樣，而是大範圍，城堡一樣的地方，各處都亮著燈，有種夢幻般的感覺。

到了夜裡，人越來越多，也越來越熱鬧，兩個人在裡面閒逛，時不時買點烤串等各色的小吃，又到處去觀看，還看了一場四十多分鐘的表演。

離開的時候，杜敬之還跟周末感歎呢：「這裡跟城堡似的，挺好看。」

周末突然快走了幾步停下回過頭，對杜敬之張開手臂：「快，到王子懷裡來。」

杜敬之笑罵了一句，還是走過去，抱住了周末。

往飯店走的路上，杜敬之就已經冷得打顫了。

天氣很冷，尤其是在夜間，凜冽的寒風像夜襲的刺客，所到之處，潰不成軍。

下了計程車，進飯店的路上，杜敬之都在跳，說話的聲音都有些顫抖，一個勁地嘟囔：「以後不叫杜敬之了，叫凍敬之，這、這、這是真冷啊，我突然理解，為什麼這裡穿皮草的女人多了，真的是冷啊……」

進入飯店裡，就感到了一股子熱流，兩個人怕突然改變溫度會感冒，都在進門後不久就脫掉了外套。

回到房間，杜敬之隨便脫了外衣，直接鑽進了被子裡，打了個滾，被子就包裹住了整個身體，看起來就像一條巨大的毛蟲，他躺在裡面舒坦地感歎：「只有這裡是港灣啊。」

周末跟著上了床，掀起自己衣服，把杜敬之的雙腳拽起來，放在自己的肚子處，用自己的身體幫杜敬之暖腳。杜敬之沒料到這裡會這麼冷，所以鞋子還是在家裡穿的那雙，如今雙腳已經凍麻了，此時貼在周末的皮膚上，有種被燙到了的感覺。

「不涼嗎？」杜敬之趕緊問，有點想把腳抽回來。

「確實挺涼的，但是這樣你不是能暖和點嘛。」周末依舊是溫和的模樣，覺得自己的肚子已經有些涼了，就把杜敬之的腳又挪到了胸口位置。

「我的腳有沒有汗？」

「沒感覺到，不過已經暖和點了。」

杜敬之躺在床上，在周末的胸口踩了踩，覺得觸感很舒服，不由得笑彎了眼睛，同時問：「明天去滑雪？」

「不，那是最後一站，位置挺遠的，我們先去看東北虎，然後再去趟教堂，在這裡逛逛，吃點好吃的，行程並不緊湊。」

杜敬之仰面躺在床上，點了點頭，沒多久就睡著了，都沒洗漱。

周末鬆開他的腳，湊過去看的時候，發現杜敬之竟然是笑著睡著的，不由得跟著笑了起來，總覺得笑容可以傳染。

跟杜敬之在一起後，體內有種一直被壓抑的歡喜，一下子溢出來。就好像一個裝滿了糖的罐子，裝滿了甜蜜，糖果一顆顆地湧了出來。

他去洗手間拿了一個毛巾，回來幫杜敬之擦了擦臉、手和腳，就讓他直接睡了，接著自己去洗漱。

滑雪是他們兩個人的最後一站，之前幾天，去看了東北虎，還在市裡找了幾處有特色的店鋪，吃了個夠本，還去了一趟商場，在遊戲城裡玩了幾個小時。

最後兩天的時間留給滑雪。

到了滑雪場，周末就跟他交代：「我們不要去看霧凇，因為很多一日遊的團都是去了之後先去看霧凇，下午回來滑雪，到時候滑雪場會人滿為患，我們趁上午多滑一會。教練不用理他們，收費高，還收小費，我可以教你。」

「行。」杜敬之覺得，他跟周末出來，就像一個傻瓜一樣。周末說去哪，他就跟著去哪，周末交代了什麼，他就聽了，這些天裡天天跟著周末走，來的時候帶了多少錢，現在還剩多少錢，真的是周末全部請客了。

拿到滑雪板，杜敬之才感歎起來：「原來這玩意是有鞋子的啊？」

「不然呢？」

「我以為就只有板子呢，跟滑板似的。」

周末只是笑了笑，沒說什麼。

就像周末說的那樣，上午沒有多少人，周末一直十分耐心地教他，他也是一個運動神經很好的人，悟性很好，沒多久就已經能跟著周末上賽道了。

到中午，兩個人離開了滑雪場。

如今，兩個人已經換了一個飯店，這裡沒有網路線，無線網卡信號也不好，於是杜敬之插上手繪板，開始畫畫。

沒有帶畫具，封面圖跟雜誌約稿回去之後再畫，他先插上手繪板，把一月的擬人圖畫完了，保存了之後，發到了微博上，配上文字：一月擬人圖，還有後續。第一次使用手繪板，有點手生，感謝畫外音小哥送的手繪板＠橋斂之。

現如今，周末的微博已經不是一片空白了，昨天才上傳了四張東北虎的相片。這些老虎也不知道是吃什麼長大的，一個個跟水氣球似的，胖得身體上的肉直晃，沒了威嚴，反而像灌水豬肉。

周末看完，就歎了一口氣，指著肥胖的東北虎說：「你看看人家。」

看什麼看？

他不想看！

上傳完圖片，他又開始細化另外三個人物的色彩，因為不熟悉，上色很慢，也不想一點褶皺也沒有的平鋪，顏色塗得很認真，雖然不如那些常年使用手繪板的大神，卻也算是拿得出手。

上色方面不出彩，全靠功底撐著，潦草幾筆，就能看出神韻來。

畫到了晚上，他又塗完了二月的兩個人物，先存著準備等過兩天再發。

畫完了這些，看了一眼時間，已經到了晚上十點鐘，他一點睏意都沒有，於是突發奇想，新建了一張圖，開始畫冰燈的景象。

兩個人沒能成功照幾張相片，他只能在網上找了一些細節圖，外加自己親自去過那裡，感受過，於是開始畫那裡的圖片。

大體背景是夜，夜空沒有過於華麗，卻有著漂亮的星空以及讓人看了舒服的色彩搭配。漂亮的冰燈，就好像夜裡的明燈，泛著螢光似的，有種夢幻中城堡的感覺。整個畫面十分構圖很講究，配色又十分大膽，還搭配了一些抽象的小東西。

周末把剛到樓下買來的鮮榨果汁放在了杜敬之的身邊，探頭看了一眼螢幕，看了一會表示：「這個好看，看著有種被治癒的感覺，我總覺得，你的畫風還沒固定。」

「新手嘛，就是各種摸索，看哪個風格更能掌握好，再加上我也真就沒什麼固定的畫風。」

「其實吧，你畫人物都有點細長，你發現沒，腿都特別長似的。」

杜敬之沉默了一會，沒回答。

周末也是說完，才突然反應了過來，自己就「哦」了一聲，也不再說什麼了。

原來喜歡什麼樣的人，也會影響畫風？

杜敬之還真切回自己的人物圖看了一眼，真的是……人物都是那種身材高䠷，腿很長的那種。

「喝完果汁就趕緊睡吧，別熬夜，明天我們起早去看霧凇，再滑一會雪就去火車站回家了。」周末交代了一句，就去洗漱了。

杜敬之看著果汁，有點納悶，半夜喝這麼大一杯，不會一個勁上廁所嗎？

想了想，湊近了聞了聞，發現味道有點不對勁，又在屋子裡逛了一圈，在垃圾桶裡看到那種裝飲料的紙杯，他拿起來看了一下，看到了果酒兩個字，不由得一揚眉，突然就明白了。

他不動聲色地回了電腦前，把畫稿存圖，然後關掉了電腦，拿著果汁到了浴室門口等周末，周末剛出來，就把果汁遞給了周末：「這大半夜的，你買這個幹什麼？我不喝，你喝了吧。」

「你喝了吧，特意給你買的。」

「我都說了我不想喝，既然是你買的別浪費，快點喝了，我要看著你喝。」

周末盯著果汁看了幾眼，又看了看杜敬之，似乎是意識到了什麼，不動聲色地表示：「那倒了吧？」

「不，你不喝，我就揍到你喝。」

周末歎了一口氣，認命地接過杯子，試著喝了一口，然後一口氣全喝了下去，呵出一口氣來，然後說：「你去洗漱吧。」

杜敬之盯著周末看了一會，想著周末能不能喝醉，喝醉以後會不會也痛哭流涕，結果等了一會，沒看出什麼來，也就去洗漱了。

洗漱出來的時候，周末正在看手機，似乎是在翻看訊息，本來杜敬之沒在意，結果聽到周末有點厭煩地「嘖」了一聲。他詫異地朝周末看了過去，周末意識到，也看向他，問：「怎麼了？」

此時的周末，有種說不出的感覺。

平時的溫柔全部消失不見，人顯得有些冷漠，氣場莫名變得極為強大，給他的感覺，簡直身高兩百八十公分。

「呃……你心情不好？」杜敬之試探性地問。

周末把手機往自己枕頭那邊一丟，然後冷漠地回答：「跟你在一起，怎麼會心情不好？」

「可是你好像真的心情不好。」

「我大姑，連續幾天傳訊息勸我補習，我的事我自己心裡有數，用得著她管嗎？自己的兒子被管成那個德行，還把手伸那麼長，八爪章魚嗎？」

「哦……」

「睡吧。」

「嗯，好。」杜敬之竟然十分乖巧地躺在了床上，等待兩個人都躺好，周末依舊跟以往一樣，抱著杜敬之睡。

杜敬之看了周末一會，突然在想，周末是不是也醉了。

都說酒後吐真言，他喝醉酒後會哭哭唧唧，什麼話都說，周末好像是不再做偽裝，變成了一個冷漠的人，這個冷漠的模樣，是真實的周末嗎？

他總是會胡思亂想，很多都是關於周末的。

因為杜媽媽長期婚姻不幸福的原因，讓他下意識地，想要徹底認清一個人了，才跟這個人在一起。他童年的陰影就是《不要和陌生人說話》的安嘉和，聯繫之前周末報復杜衛家威脅謝西揚的事情，他總怕周末會是一個外表溫柔，實則隱藏得很好的家暴男。

他想瞭解周末，突然有點想趁現在做點什麼。

高寶書版集團
gobooks.com.tw

FH018
糖都給你吃 2

作　　者　墨西柯
繪　　者　華茵Cain
編　　輯　賴芯葳
美術編輯　Victoria
內頁排版　賴姵均
企　　劃　何嘉雯
版　　權　張莎凌

發 行 人　朱凱蕾
出　　版　朧月書版股份有限公司
　　　　　Hazy Moon Publishing Co., Ltd
地　　址　台北市內湖區洲子街88號3樓
網　　址　gobooks.com.tw
電　　話　(02) 27992788
電　　郵　readers@gobooks.com.tw（讀者服務部）
傳　　真　出版部(02) 27990909　行銷部 (02) 27993088
郵政劃撥　19394552
戶　　名　朧月書版股份有限公司
發　　行　朧月書版股份有限公司
初　　版　2022年 02 月

本著作物《糖都給你吃》，作者：墨西柯，由北京晉江原創網絡科技有限公司授權出版。

國家圖書館出版品預行編目(CIP)資料

糖都給你吃/墨西柯作. -- 初版. -- 臺北市：朧月書版股份有限公司, 2022.02
冊；　公分

ISBN 978-626-95289-9-8(第1冊：平裝). --
ISBN 978-626-95424-0-6(第2冊：平裝)

857.7　　110019158

凡本著作任何圖片、文字及其他內容，
未經本公司同意授權者，
均不得擅自重製、仿製或以其他方法加以侵害，
如一經查獲，必定追究到底，絕不寬貸。
版權所有　翻印必究